叶兆言 著

爱好哭泣的窗户

北京时代华文书局

目录

一 001 _ 二 006 _ 三 015 _ 四 024 _ 五 034
六 045 _ 七 057 _ 八 066 _ 九 077 _ 十 087
十一 097 _ 十二 109 _ 十三 120 _ 十四 138
后记 151

一

社会学家易蓉蓉天生丽质,口才很好,出现在任何一个演讲场合,都不会让听众失望。现如今,能说会道的女人很多,像她这样有学问,又漂亮,又谦虚,又能说话得体,又能讨巧卖乖的,实在凤毛麟角。她的演讲很有听众缘,广告一打出来,立刻有人奔走相告,到时候走廊上、过道上、窗台上,都是听众。

易蓉蓉喜欢说自己像条漫步在岸边的鱼,这是经常要举的一个例子,她喜欢这样的形容,一条能靠鳃来呼吸的鱼,这条鱼并不是一直待在水中,它喜欢在岸边散步。易蓉蓉喜欢把自己形容成一条有超自然能力的鱼,经常在岸边行走,她可以用那双鱼一样的眼睛,凝视水中的太阳,欣赏水中的月亮和星星。水草旺盛,水流中鱼群在游,在她脑海里穿梭。

在一次演讲中,易蓉蓉又一次提到这个意象,又一次以河边散步的鱼为例,滔滔不绝侃侃而谈。终于,演讲快结束了,到对话环节,有位年轻听众举手请求发言,问易蓉蓉这种听上去有些诗意的形容,是不是有点儿不伦不类,可不可以简单理解为"脑袋进水了"?而且还不是进了一点点水,是进了很多的液体,多到了可以养鱼,所以有鱼群在里面游来游去。这个提问显然是在挑衅,有些无礼,顿时引起哄堂大笑,手上拿着话筒的主持人很尴尬,一时间,不知道应该如何应对。

"没想到会是这样一个提问,问得好,问得很好,有时候,我确实觉得自己脑袋进了水。"

易蓉蓉并不觉得提问有多突兀,笑着做了回答。这样的场面很容易应付,她早已经习惯,非常认真地强调一句。说:"有个叫郑板桥的老家伙曾经说过,人生嘛,要'难得糊涂'。什么叫难得糊涂呢?说老实话,就是在适当时候,要让脑袋进点儿水。谁也免不了脑袋进水,所谓脑袋进水,其实就是难得糊涂一回,关键在于这个'难得'。什么叫难得?难得就是不容易,也不只是我,有时候,我是说有时候,我们的脑袋都可能会进水,我们会突然变得有点儿傻,变得很傻。傻就傻吧,进水就进水吧,大家好好想想,如果我们的脑袋里都能养鱼,这多好。"

听众一片笑声,气氛立刻变得轻松欢快。易蓉蓉是个聪明的演讲者,热情奔放,知道如何掌握尺度,作为一名女性社会学家,通常只谈女性问题。她的聪明就在于先让听众觉得她并不聪明,然后再从容不迫地谈些女性敏感话题。她知道自己说的有些话,要在听众耳朵里,尤其是女性听众的耳朵,能够听上去很出格,很可能是奇谈怪论。结果总是这样,有些听众喜欢,一定会有另一部分听众不喜欢,易蓉蓉久经沙场,知道怎么对付,知道不能激怒那些不赞成她观点的听众。

演讲在热烈的掌声中结束,易蓉蓉有一位大学同学在此地当市领导,说好了要一起吃晚饭。演讲主办方有好几家,既有当地妇联挂名,又有银行赞助,晚宴由当地最著名的房地产商买单。因为有市领导参加,有"八项规定",竟然不敢拿酒出来。易蓉蓉的那位同学目前还是副职,不过已经传说他马上就要转正了,因此,虽然是老同学见面,事先说好,酒一滴都不能碰,菜的规格也不能超标。

只能以茶代酒，大家举杯，易蓉蓉笑着说："这年头，跟领导见面，不能喝酒，真煞风景，我曾经听人说，你过去很能喝。"

老同学说："那是过去，现在谁还敢喝。"

"为什么？"

"过去当领导，是不能不喝，现在当领导，是不能喝，绝对不能喝，酒是根本不能碰了。"

老同学出身农村，当年读书的时候十分腼腆，都不太敢正眼看女生。现如今完全变了个人，身材保养得很好，不胖也不瘦，头发梳得光亮，亲切和蔼，领导派头十足。因为公务繁忙，只能很亲民地陪易蓉蓉坐一会儿，随时准备告辞。有限的时间里，老同学回忆了一番当年，说起易蓉蓉当年如何漂亮，说她那时候绝对属于校花，当时男生包括市领导本尊，如何有贼心没贼胆，想追都不敢追，害怕别人说癞蛤蟆想吃天鹅肉。大家听了狂笑，易蓉蓉也不脸红，说："你要真敢追，说不定就追上了，不过话说回来，你要是跟了我，恐怕也就当不上这个市领导，那可损失太大。"大家听了又狂笑，哄堂大笑，老同学同样不脸红，谈笑风生，说："也不一定，癞蛤蟆真吃到天鹅肉，说不定我就住到月宫里去了。"然后很快,说告辞就告辞,向易蓉蓉拱手致歉,连声说怠慢,连声说不好意思,照顾不够周到,晚上还有个重要会议不能不到场。一行人众星捧月送他出去,易蓉蓉也不得不站起来,一本正经涮了他一句,说:

"你今天跑来干什么呢?就为了接见我一下,给老同学一个面子?"

市领导一走,大家重新坐下来,继续吃。气氛开始更加活跃,红酒白酒全拿了上来,问易蓉蓉准备喝什么,易蓉蓉也不推辞,拍了拍手,说:"什么酒我都能喝,今天什么酒好,我就喝什么。"主人听了高兴,说:"易老师爽快人,女中豪杰,我跟你说,我们今天喝白的,这个茅台绝对真,而且还是过了期的,我们都喝过期的茅台。"易蓉蓉听了笑起来,说:"过期好,过期的酒要赶快喝掉,不喝浪费了,咱们不能浪费,领导不喝,我们喝。"

于是就喝,痛痛快快地喝,易蓉蓉是那种既有酒量,又有酒胆的女人,不仅敢喝,而且还真懂酒,知道什么是好酒,知道今天这个好酒,未必是存心招待她的,人家是准备招待她的老同学的。市领导有"八项规定"约束,为了前程不敢喝酒,现在她就代他喝,代他喝个痛快。

二

易蓉蓉渐渐意识到自己喝得有点儿多,好在好酒不上头,人觉得晕乎乎的,有些酒意,感觉非常好,要的就是这个感觉。她是个喜欢喝点儿酒的女人,一开始,只是无意中发现自己有酒量,宴会上别人让她喝,她糊里糊涂也就喝了,喝多了,不仅发现自己能喝,而且还真喜欢喝,喜欢闹酒。出门演讲,正式开讲前,一般还能控制,尽量不喝酒,即使喝,也只是喝一点儿。演讲完了,活儿干完了,就难免失控,喝着喝着,就喝多了。

喝多了,不代表易蓉蓉已经喝醉,只是走路有些踉跄,有些话多。不想再坐车,离住的酒店也不远,散步过去,主办方派了一男一女两个工作人员陪同。很快送她到酒店大堂,发现一名下午听过讲座的年轻女性还在等候，手上拿着一本易蓉蓉的新作，要求签名。年轻女性染了亚麻色的头发，浓妆艳抹，指甲涂成了深蓝色，看上去有点儿怪怪的。她远远地冲过来，两名陪同的工作人员连忙阻拦，不让接近。易蓉蓉说："没关系，不就是签个名吗？我给她签，签了不就没事了？"说着主动伸出手去，接过那本书，准备在书上写字，随口问着：

"是不是就签个名？"

年轻女性嗓音有些沙哑，低沉地说："最好能写一句话。"

"写什么？"

"写什么都行，老师随便写。"

易蓉蓉歪头想了想，在扉页上写了"随便"两个字，然后龙飞凤舞地签名。签字的时候，她脑子里闪过一个念头，那就是年轻女子的眼睛真是好看，那一头看上去不是很自然的亚麻色头发，显然是染的，可是那双美丽的眼睛无疑是天生的，眼神中透露出一种期盼，带着一点点忧郁，水汪汪的，总之只要让人看了一眼，就很难再忘记。

年轻女性提出了进一步的要求，问能不能请老师喝个咖啡，或者喝个茶，就在这旁边的咖啡座。陪同的工作人员中那名男性立刻反对，说易老师很累了，需要赶快休息，请她不要再打扰易老师。年轻女性有些失望，眼巴巴地看着易蓉蓉。没想到易蓉蓉兴致很高，不当回事地说：

"不就是再喝杯咖啡嘛，好吧，那就喝，喝就是了，正好醒醒酒。"

易蓉蓉这么一说，工作人员也不好再说什么，不能再干涉。反正客人送到酒店，任务已完成，事情已经结束。她要喝就喝吧，想喝什么都可以，哪怕是再喝酒，喝醉了拉倒。于是工作人员挥手告辞，易蓉蓉便和那位亚麻色头发的年轻女性入座，一人要了杯咖啡，一边喝，一边聊。这时候，易蓉蓉仍然不是很清醒，酒意还很浓，大大咧咧地看着对方那双美丽的眼睛，说："我们要谈些什么呢，你想跟我说什么？"年轻女性就说要把自己的故事，说给易蓉蓉听。易蓉蓉便说："你的故事好玩吗，有意思吗？"

"当然会有意思，"年轻女性看上去心事重重，有一点儿难以掩饰的悲伤，眼中似乎还含着泪水，抿了口咖啡，很认真地接着说，"我的故事可能真的会很有意思，不过我现在还在犹豫，真的，我是在犹豫，不知道该不该跟你说，要不要把自己的故事告诉你。这样吧，先把我的名字告诉你，我的名字叫'盛戎'，'盛大'的'盛'，'投笔从戎'的'戎'。这是我妈给我取的，我妈特别喜欢京戏，她就是那种叫什么的，对了，叫票友。我妈喜欢花脸，唱京戏的有个很有名的花脸叫裘盛戎，易老师知道不知道这人？我这名字，就是这么来的。"

"你的名字是你妈给你取的？"

"对呀，是我妈取的。"

"你不喜欢？"

"不喜欢，我从来就不喜欢这个名字，从来都没喜欢过。"

"这名字听上去很阳刚，不是吗？"

接下来，易蓉蓉和这个叫盛戎的年轻女性坐在那儿，有一句没一句地说话。咖啡早就喝完，各人又要了一杯红方威士忌，也喝完。对方显得很羞涩，一肚子的话，总是欲言又止，说了半天，还是没说出什么具体的事。说来说去绕东绕西，易蓉蓉有点儿被搞糊涂了，既不知道她想说什么，也不知道她要干什么。这期间，易蓉蓉上过一次厕所，等到又一次想去，她想到了告辞，决定回自己房间。盛戎看出她的不耐烦,仍然是欲言又止,仍然是小心翼翼,说:"我知道这个故事很难说出口,我的故事真要说起来,会很长很长,这样吧,易老师能不能把电话和微信给我?我在电话或者微信里跟你说,我觉得这样更好,更方便。"

"好吧,我们就用电话或者微信联系。"

易蓉蓉几乎立刻意识到不应该把手机号和微信留给对方,显然是身体里的酒精在起作用,影响了自己的判断能力。事实上,一边在给对方留电话号和微信,一边已经后悔了。果然,刚进入自己房间,盛戎的电话便追进来,直截了当地问易蓉蓉,能不能到她的房间面谈。盛戎说在房间里谈话可能会更好、更方便,有那么一些话,在楼下大堂咖啡座,实在是不容易说出口,不太好意思说。对于盛戎的请求,完全出于本能,易蓉蓉一口拒绝,说:"对不起,我不会让一个陌生人进入自己房间,这个希望你能理解,真要有什么话想说,你还是就在电话里说吧。"

电话那头一阵沉寂,过了一会儿,电话断了。又过一会儿,铃声再次响起,还是那个盛戎,她说:"好吧,我在电话里跟你说,你先让我找一个没人的角落,我会好好地跟你说的,我会把我的故事,原原本本都告诉易老师,毫无保留地告诉你,你呢,可以把这些故事写在你的新书里,只要不用我的真名就行,这也是我唯一的要求。"易蓉蓉觉得对方是在吊自己胃口,她也太自以为是,也不想想,别人对她的故事,是不是真有兴趣。

"这样吧,还是把最重要的先告诉你,"盛戎吞吞吐吐地说着,"只有把这个说出来,把这个说了,我们才可能继续谈下去,才可能继续往下说,真的,我告诉你实话,还是说了实话才好。对,必须要先说实话,我……是这样,我其实是个男的。你知道,我是个男的,真的是个男的,对不起,我这么说,是不是吓着你了?我真的是个男的。这样吧,让我先找个地方,一会儿再给你打电话。"

易蓉蓉确实被吓着了,被吓得不轻,脑海里像放幻灯片一样,闪过许多镜头。盛戎是男是女,也许并不重要,现在重要的不是这个人的身体,而是这个人的可疑身份。易蓉蓉突然意识到,浓妆打扮的盛戎,非常可能是个从事色情行业的人。为什么会欲说还休,为什么会吞吞吐吐,为什么会泪眼婆娑,答案显而易见。作为一名女性社会学家,作为一名在社会上有些名气的女权主义者,因为经常说出一些出格的话,因为经常发表一些有争议的观点,易蓉蓉知道人们对她会有种种误解，而关于她最广为流传的一个八卦，就是说易蓉蓉是同性恋。

色情行业也算是易蓉蓉研究过的一个课题，当然更多时候，只是纸上谈兵，在文字中分析，从理论到理论。她知道很多城市中，色情行业货真价实、暗流涌动，它们是城市蓬勃发展的一个组成部分。在高档酒店，在五星级宾馆，卖淫嫖娼可以说屡禁不止。易蓉蓉眼下所在的这个城市，曾经一度被称为"色情之城"，她好像突然就想明白了，一下子找到了答案。为什么会有一个娇艳的美女，在楼下大堂里等候自己，为什么？显然易蓉蓉可能是一名同性恋的传闻，在起着推波助澜的作用。

因此，盛戎以那种温柔低沉的声音说着"我其实是个男的"时，她感到了崩溃，真是感到很崩溃，感到非常的哭笑不得。这时候，易蓉蓉又想到了楼下那个人的一双眼睛，想到盛戎那双泪汪汪的大眼睛，那种似哭带泪、含情脉脉的眼神。为什么会这样呢，为什么？这玩笑也开得太大了一点儿。易蓉蓉从来不会歧视同性恋，而且也十分愿意支持同性恋者的权利，然而她知道自己绝对不是同性恋，在那方面没有一点儿兴趣，是个不折不扣的直女。她喜欢漂亮男人，也喜欢与漂亮女人在一起，但是完全是两种不同的喜欢。如果派一个花样美男来勾引她倒也罢了，现在竟然让一位美女冒充男人来试探自己，这又是唱的哪一出戏？

转眼间，易蓉蓉就要五十岁了，在心理年龄上，她觉得自己起码应该小个十岁。原因嘛，可能是丈夫比她小三岁，因为丈夫年轻，她就要处处比他显得更年轻。易蓉蓉对着镜子开始卸妆，看着镜子里酒意未消的自己，庆幸没有带盛戎回房间。如果稀里糊涂，如果没有一口拒绝，冒冒失失让那位盛戎上了楼，接下来还真不知道会发生什么样的咄咄怪事，有些事情很可能还真就说不清楚了。易蓉蓉想到刚回酒店大堂，陪同的工作人员为什么会气势汹汹阻拦，为什么不让那个叫盛戎的女人接近自己，很显然，作为一名本地人，那个工作人员心知肚明，什么都会知道和明白，知道盛戎是什么人，他一定知道这个女人是在从事色情行业。

易蓉蓉开始有点儿担心，担心那个叫盛戎的女人会冒冒失失上楼来找自己，毕竟她们已在一起喝过咖啡，喝过红方威士忌，已聊了半天。大堂里的监控一定记录了下来，她越想越怕，万一真找上门来，又该怎么办？易蓉蓉想自己肯定不会开门，绝对不能开门，说什么也不能让她进房间，进了房间就说不清楚了。她的这种担心，她的这种恐惧，并不是没有由头，在大堂喝咖啡喝威士忌，易蓉蓉的房卡就扔在吧台上，盛戎显然看到了她的房号。因此，现在她真的要来，真的找上门来，也不是不可能。好在现在进电梯都要刷房卡，没有房卡上不了楼，想到这儿，易蓉蓉突然感到了一阵安慰。

　　妆卸到一半，看着镜子里的自己，易蓉蓉眨了眨眼睛，做了一个带点儿顽皮的鬼脸，笑着对镜子说："可惜是个女的，他奶奶的，如果真是漂亮小伙子，真是个帅哥，真是个小鲜肉，我说不定还就真的让他上来了。上来又怎么样？上来就上来吧。"在实际生活中，除了自己丈夫，易蓉蓉并没有和其他男人"那个"过。她只是想象自己有些浪漫，有些大胆，有些风流韵事。就在这时候，搁在床头柜上的手机又响了，盛戎又把电话打了过来。

三

这一次盛戎竟然是用视频与易蓉蓉聊天,她坐在一个角落,很小心地问易蓉蓉是不是连上了 Wi-Fi(无线网)。易蓉蓉说她的手机不限流量,用不用 Wi-Fi 问题不大。刚说完就后悔,觉得不应该这么说。她脑子里现在有点儿乱,很乱,一方面,直觉告诉她应该拒绝,必须拒绝,不应该和眼前这个不清不楚的女人纠缠。另一方面又十分好奇,很想知道下一步会怎么样,会出现什么样的状况,会说些什么话,易蓉蓉很想看看这个人接下来究竟会出些什么幺蛾子。

信号不太好,手机上画面经常卡住,盛戎正戴着耳机在说话,画面此时定格在她抹得很红很厚的嘴唇上。每隔一会儿,她便会很认真地问易蓉蓉:

"易老师现在能听见我说话吗，喂，能听见吗？"

"能。"

有时候易蓉蓉懒得回答，不说话，对方会不停地追问，问她能不能听见，非要等到她说了能听见，才会继续往下说。盛戎让易蓉蓉猜自己在什么地方与她视频，易蓉蓉说："这还要猜吗？你不是说了，就在楼下大堂里。"

"问题是在大堂的哪个位置？"

"还是喝咖啡的那地方。"

"当然不是，你再猜。"

易蓉蓉觉得这样的对话太无聊，屏幕开始定格在对方那双美丽的眼睛上。

"你猜呀？"

这是一双非常美丽的大眼睛，一双会放出电波的眼睛，眼角是湿润的。易蓉蓉想再这样下去，她应该找个借口，说手机没电了，说自己要洗澡，然后就不再跟这个人玩了，没必要为她浪费时间。

"易老师肯定猜不着，你真的是猜不着。"

"我不想猜了。"

"好吧，让你看几个镜头，你就知道这是在哪里，你看看，你好好地看一下。"

　　手机屏上扫过的画面并不流畅，可是不难看出是在什么地方。

　　易蓉蓉有些吃惊，"你是在厕所？"

　　"对，是女厕所。"

　　盛戎显得有些得意，告诉易蓉蓉，总算让她找到，找到这么一个地方真不容易，既安静，又可以充电。她说："你不会想到吧？竟然是找到厕所里来了，我自己也没想到。"

　　"对了，你等等，让我进去方便一下。"

　　盛戎拔下了电源线，她所处的位置，是女厕所中让人梳洗补妆的地方。她正在往里走，走进了一个格间，销门，低声继续说话。同时，易蓉蓉也听见有人正在进来，显然还不是一个人，是两个女人，用当地的方言在说话，听不懂在说什么。隔壁木板门传来了重重撞击声，女人尿尿声音很大，说话声音也很大，环境很嘈杂。

　　易蓉蓉说："我听不清你在说什么。"

　　盛戎压低了嗓子，"我没说话，现在是这两个女人在说，吵死了，声音太大，要等她们走了，我再跟你说。"

　　易蓉蓉感觉到了荒唐，太荒唐。这时候，她还坐在镜子前,妆还没卸完,看着镜子里的自己,看着架在那儿的手机,觉得实在太可笑,怎么会无聊到跟一个在厕所里的女人视频。有人在进进出出,盛戎在手机里突然很惊奇地喊了一声,然后又听见她压低了嗓子说:"这门板上写的都是些什么呀——'黄晓明,我爱你'——还画了个'心',这哪是什么心呀,分明就是个桃子,我拍下来给你看,在厕所里写这个,真是恶心,一看还是刚写的,还是用眉笔写的,你说这叫什么事。"

冲水的声音一而再地响起,人声,门板声,脚步声,镜头乱晃,手机掉线了。很快,盛戎发了一张照片过来,就是在厕所里拍的那张,一颗桃子一样的红心,紧跟在图片后面的是盛戎写的一段文字:

"被恶心到了,黄晓明这人你爱得着吗!"

易蓉蓉忍不住也笑了,社会学著作中,有过对男厕所涂鸦的专门研究,她曾经看过这样的一本书,根据博士论文改写的时尚读物,写得十分有趣。在自己的女性主题演讲中,说起男人的下流和无耻,她还经常提到这本书。有时候,厕所不只是用来排泄粪便,还是男人性压抑发泄的场所。易蓉蓉觉得这张图片应该保留下来,以后叙述后现代女性性心理的时候，可以作为很好的资料派上用场。

　　视频又一次连上了，盛戎又一次回到先前的位置，继续给手机充电，戴上耳机。她显然看到了易蓉蓉正在卸妆，说："易老师你其实不用化妆，你天生就是个大美女。"一边说，一边掏出一支口红，也涂自己的嘴唇，涂完了，对着镜子搔首弄姿，冲着手机屏幕嫣然一笑。

　　"易老师，我说我是个男的，这话是不是把你给吓了一跳？"

　　"怎么说呢，我恐怕也是见多识广，见怪不怪，你说什么，对我来说，其实都无所谓，无所谓的，你想怎么说都行。"

　　"易老师信不信呢？相信，还是不相信？"

　　"我无所谓。"

　　"什么叫无所谓？"

　　"无所谓就是无所谓。"

　　易蓉蓉的回答有点儿出乎预料，盛戎突然不知道应该怎么说话，她重重地叹了一口气，神情依然忧郁。这时候，又有人进来上厕所，从她身边经过，大家正好不用再说什么。盛戎拿出一支眉笔，对着镜子补妆，描来描去，等那人出来，洗手，离去，她又轻轻地压低了嗓子说一句：

"不管你相信不相信，我还是要告诉你，我真的是个……男的。"

"好吧，你是个男的。"

"起码从性别特征上说，我现在也还是个男的。"

"好吧，你现在还是个男的。"

"真的是男的。"

"既然是男的，干吗还要待在女厕所？"

"你说我现在这个模样，能进男厕所吗？"

盛戎的声音低到了几乎听不见，又有人来了，这次是直接过来洗手，"哗啦啦"流水声，谈话自然中止。洗完手人走了，谈话又继续，易蓉蓉说："我觉得你这个人很变态，你是不是有病？"盛戎说："我确实是有病，确实是变态，我就是一个变态，你现在终于相信我是个男的了吧？"易蓉蓉提高了嗓门，说："我不相信，我凭什么相信，凭什么要相信？而且我已经说了，你是男是女也不重要，对我来说，无所谓，你要说是男的，就是男的好了，你要说是女的，也没什么问题，反正就这么回事。"

盛戎被易蓉蓉再次弄得无话可说，又叹了口气，她总是在叹气，很无奈地叹气，说："说来说去，说到底，你还是不肯相信，我真的是个男的，要不这样吧，易老师要是真不相信，我可以给你看的，大不了我就豁出去，让你验证一下正身，让你看一看我的'那个'，看了你就会相信了。"易蓉蓉立刻大叫起来，说："别这样，你别这样，这样你就是要流氓，你不可以这样，别耍流氓。"

看到易蓉蓉急成这样，盛戎好像重新获得了说话的主动权，又占据了心理优势，苦笑着说：

"别慌呀，易老师就是想看，也不会给你看的。"

盛戎又说：

"这是非常隐秘的事，我怎么可能会轻易给别人看呢？"

易蓉蓉很快从惊慌中恢复过来，猜想自己一定是遇到了人妖，对于去过泰国观光的中国人来说，人妖是怎么回事，多少都知道一点儿。她也算是见过世面的女人，记得当时在清迈看人妖表演，怎么一弄，那玩意儿就变成了一个女的，又是怎么一弄，又变成了男的。一切都在一瞬间完成了，易蓉蓉是近视眼，那天虽然戴着隐形眼镜，还真是没看明白怎么回事。今天遇到这样的荒唐事，既然让她遇到了，就干脆从容面对，就当是在体验生活，就当是在收集素材。大不了被玩个"仙人跳",易蓉蓉打定主意,反正大家只是在手机上聊天,对方随便怎么瞎说八道,只要她不下楼,只要盛戎不上楼,不到房间里来骚扰,只要是坚决不见面,又能拿她怎么样?

或许还是酒精的作用,易蓉蓉虽然有过一阵又一阵的惊慌,但很快镇定下来。俗话说,平生不做亏心事,半夜不怕鬼敲门,她相信自己也是见过世面的,三教九流,多少都有些了解。事实上,今天晚上她也很愿意跟人聊聊天,尤其像这样有惊无险的对谈,闲着也是闲着,起码到目前为止,她还是毫无困意。对方绕了半天,究竟想说什么,想干什么,仍然是一头雾水。老是这么猜谜并不好玩,不能老是这么玩下去,易蓉蓉希望盛戎能够直截了当,别再玩什么是男是女的性别游戏,有什么屁快放,有什么话,痛痛快快说出来。

易蓉蓉的话正中对方下怀,盛戎的眼睛闪亮,说她也不想绕圈子,她也希望能直截了当。

"我就是想和易老师讨论,讨论一下你今天讲座中说的那个'零余人'话题,我觉得我就是易老师说的'零余人',我就是。"

易蓉蓉今天讲座的标题是《当代中国社会中的女性"零

余人"问题》,她的本科学的是中文,有了中文系的底子,她后来做社会学研究,总是摆脱不了中文腔,也就是中文系的说话语调。易蓉蓉博士论文的辅导老师曾经很激烈地批评她,提醒她要注意摆脱论文中的中文腔,不要动不动就用文学作品来举例。"零余人"是从现代作家郁达夫的小说中化出来的,这个文学形象又是更早地来自俄国,可以追溯到普希金和屠格涅夫的作品。易蓉蓉今天的讲座,偏重的是知识女性话题,探讨的是高学历女性的生活状态,很显然,盛戎看上去根本就不像,她根本就不配。

易蓉蓉说:"你口口声声说自己是个男的,我今天谈论的话题,可是女性'零余人'。"

"我觉得我更像一个女性'零余人'。"

"那么你又说自己是女人了?"

"易老师不是说了,我是男是女不重要。"

"我们花了差不多一晚上时间,来讨论你是男是女,难道不无聊吗,有意思吗?"

盛戎很真诚地说:"没意思。"

四

盛戎又重重地叹了一口气,开始正经八百地叙述自己的故事,说:"我要说的这个故事,易老师你很可能会不相信。因此,我还是要和你强调,现在我这模样看上去,是像个女的,可我确实还是个男的。我也真不愿意自己是个男的,这是没办法的事,我必须要把这个话说清楚,不交代清楚,我的故事就没办法往下说,没办法说。"易蓉蓉说:"好吧,你只管说下去,我不会再打断你,你想怎么说,就怎么说,对不起,我的手机好像也要充电了,你先让我接上充电器。"

易蓉蓉给自己的手机充电,为了让通话更流畅,她约盛戎把视频通话改成语音通话,并调到扬声器播放模式上,这样既可以听到声音,对方又看不到房间里她的影像。接下来,盛戎开始滔滔不绝、大段大段地说故事,说:"我就先从自己大学毕业开始说起。"于是女性的盛戎,或者说男性的盛戎,在手机那边喋喋不休,自顾自地说起来,易蓉蓉这边开始宽衣解带,匆匆清洗浴缸,然后往浴缸里放洗澡水。本来以为等到浴缸的水放满了,盛戎的话也差不多说完,没想到说了半天,故事才刚刚开头。

故事一听就有太多破绽,盛戎嗓音沙沙的,渐渐地,易蓉蓉还真有些辨不出男女。有时候像是一个女人在自言自语,有时候又更像是一个男人在说悄悄话。盛戎说起了一个叫孔欣煜的女人,说起自己与她的第一次见面,说自己与这个姓孔的女生真是有缘,两人第一次相遇,就糊里糊涂地上了床。除了这个叫孔欣煜的女生,盛戎又提到了一个叫陆良朋的男生。陆良朋是盛戎的大学同学,事情的头绪说起来真的是很乱、很荒唐、很荒诞,孔欣煜是陆良朋的女友,陆良朋呢,是个花花公子,人长得挺高大、挺帅气,学校排球队的主力,球打得好,男生和女生都容易喜欢他,在校期间不断地换女朋友。

刚开始头绪真是乱,易蓉蓉也听不太明白,渐渐开始清晰。盛戎说自己还算是喜欢过这个陆良朋，起码不反感。事实上，当时在班上，陆良朋的名声并不太好，原因之一，就是都在传说他把班上能泡的女生，差不多全泡了。当然，是不是真的泡上，也不好说，从这位陆良朋嘴里说出来的话，必须打折扣，很难说有几句是真的。大家都知道他喜欢吹牛，大家也都知道，越是喜欢吹牛的男生，女孩子越是喜欢。那时候，不安分的同学都在外面租房子住，这位陆良朋自然也是，大学毕业要离校，盛戎还没找到正式工作，在一家研究所实习，人家也不提供住房，要自己找地方住，陆良朋就对盛戎说，看在老同学面子上，你可以搬到我租的房子里去，那房子我已经租下了，租金早就预付，我呢，反正也是要去外地，我一走，你就可以搬到那房子里去住。

盛戎想这倒也不是坏事，省得自己再去寻找，便跟着他去看房子。看了觉得挺满意，非常满意，很不错的一个小环境，生活设备齐全，立刻以转租形式，付了一笔钱给陆良朋，等他一走，便搬进去住。在校期间，盛戎一直是个乖孩子，是个很本分、不起眼的学生，一直都是住宿舍。现在毕业了，一个人单独住，没有了拘束，开始感到从未有过的自由。陆良朋走了，衣柜却没有清空，打开一看，里面全是女人衣服，除了长裙短衫,还有很多性感内衣。最不像话的是,床头柜抽屉里,还放着一盒没用完的避孕套,那种进口的,上面全是洋文,贴了中文标签和价格。

盛戎说自己也不知道陆良朋什么时候会再来,会把这些玩意儿拿走,他人已去了外地,给他打电话,他说:"那都是我前女友的东西,你把它们都扔了吧。"盛戎没有照办,没有把那些东西扔了,而是让它们搁在原处。反正盛戎也没多少衣服,没什么自己的东西,在生活方面,并不是很讲究,能将就也就将就了。上班实习的地方很远,早出晚归,有时还要加班,基本上不开伙,能在单位吃,就在单位吃,要不然就在外面随便吃一点儿快餐。

与孔欣煜的第一次见面是在情人节那天,这日子太好记,正好又是个双休日,她火烧火燎,"咚咚咚"敲门进来,很不友好地问盛戎:"你是谁,你怎么会在这儿?"盛戎便回答:"为什么你要这样问我呢?我还想用同样的问题问你。"孔欣煜说:"你别跟我绕圈子,给我好好说话,老实一点儿,陆良朋那王八蛋到哪儿去了?你让他立刻给我滚出来。别以为电话他把我拉黑,人躲着不见面,我就拿他没办法,跑得了和尚跑不了庙。对了,你凭什么在这?你知道我可以立刻叫你滚蛋。"孔欣煜气势汹汹这么一说，盛戎立刻明白了，这个人无疑是陆良朋的前女友，她很可能是过来取自己的东西。

盛戎很和气地跟她说话，完全是一种商量口吻："能不能火气不要这么大，你让我好好说话，其实要好好说话的，更应该是你，不是吗？你突然闯了进来，好像很占着理的样子，我已经住在这儿了，凭什么要我让你，凭什么是我滚？"

孔欣煜仍然气势汹汹，"我当然占着理，这房子是我租的，和中介还有房东一起签的合同都还在我手里呢，真金白银，也是我付的钱，再说一遍，这房子我租的，用的是我的钱。就凭这一纸合同，我可不可以立刻叫你滚蛋？我还要告诉你，陆良朋他没出过一分钱。"

盛戎说自己当时就蒙了，没想到事情会是这样，真是没想到，立刻意识到对方肯定是占着理。陆良朋这个人的品质，向来都很有问题。如果眼前的这位女士宣布这房子是她租的，是她付的钱，那么基本上可以肯定，就是她租的，就是她付的钱。陆良朋骗吃骗喝相当有名，他一直觉得这是自己魅力的一部分，当时从盛戎手里拿了转租的钱，他没有一点儿犹豫，完全就是理所当然。

盛戎解释说："我已经把这个房子的租金，给了陆良朋。"

"你给了他租金？"

"对呀。"

"你还把租金付给陆良朋，他竟然也会收下，他竟然也好意思收下，他没说这房租是谁预付的？"

"没有。"

盛戎说如果陆良朋说了，房租不是他预付的，那么也没有理由再收盛戎的租金，他就不应该再收这份钱。这话一点儿分量都没有，根本帮不上盛戎什么忙。租房合同在孔欣煜手里，人家显然是占着理，她现在完全可以赶盛戎走。自觉理亏的盛戎，赶紧给陆良朋打电话，可是对方根本不接，发短信也不回，继续打，继续发短信，到最后，一打就掐断，通了掐断，通了又掐断，再打，干脆拉黑了。

孔欣煜冷笑，好像知道结局会这样。

"你有没有跟陆良朋签合同？"

"没有。"

"你付钱给他，有没有收据？"

"没有。"

"那你有什么?"

盛戎愁眉苦脸地说:"什么都没有。"

孔欣煜直摇头,说:"既然什么都没有,就收拾东西走人吧,你把这个地方赶快给我腾出来,我不想再见到你,你走吧。"说着,很强悍地又加了一句:"你要是想赖着不走,我就打110,对了,我还可以给房东打电话,叫真正的房东来赶你走,让他给110打电话。"盛戎很无奈,很委屈,说:"情况真要是像你说的那样,我也是讲道理的,不会赖着不走,我会走的。"当时盛戎说话的样子一定很可怜,完全是被对方的强大气势压倒了,孔欣煜说:"我问你,你还有什么地方去吗,你跟陆良朋到底是什么关系?"

盛戎说:"我们就是同学,就一般的同学,上大学时我住宿舍,现在大学毕业了,宿舍不让住,只能搬出来,搬到了这里,我又不知道这房子是你租的,是你付的钱,我要是知道,情况也就不会是这样。"说着说着,委屈得都想哭,人情真是险恶,一个刚走上社会的大学生,还没被社会上的人骗,还没被老板和客户欺负,先被自己同学给坑了。这时候,盛戎真的是想哭,欲哭无泪。"如果要从这个地方搬走,"他说,"我又能去哪儿呢?不知道该怎么办,我不知道。"

孔欣煜开始有点儿同情盛戎,她检查了一下房间,清点自己的物品,发现基本上都还保存完好。最让她感到意外的是,藏在一件风衣夹层口袋里的一张银行卡还在,还有几百块的现金也在。陆良朋显然没发现,如果让他知道,肯定会立刻据为己有,因为他知道银行卡密码,绝不会放过这笔钱,无论多少钱,都敢花掉,花个一干二净。这种事几乎不用怀疑,他就是那样一个渣男,就是个不折不扣吃软饭的家伙。

"你和陆良朋就是一般的同学关系?"

"就只是同学关系。"

"没别的关系?"

"当然没有别的关系。"

孔欣煜的心情似乎变得好一些,问盛戎在这儿住多久了,又问是不是真没其他地方可去。盛戎便做出可怜样儿,告诉她实情,说自己已住了三个多月,真没别的地方可去。孔欣煜就说:"没地方去,我也不一定非要撵你走,走不走全在我一句话,看来你是真被陆良朋这王八蛋给坑了,唉,你个菜鸟,真是只没用的肉鸽子,活该给人宰,活该给人杀了做菜，你说不坑你坑谁，骗了你也是活该。"

让对方这么一顿奚落，被对方这么一番教训，盛戎反倒感到了踏实，因为踏实，也就轻松了一些。孔欣煜说得很对，说得太对，自己确实没有社会经验，活该挨宰，活该受骗。孔欣煜态度也明显转变，变宽容了，变活跃了，说她也没想到今天会是这样的结局，会遇到这么一幕戏，会碰到他这么一个老实巴交、根本不知道怎么保护自己的无用之人。今天是情人节，孔欣煜说她无非是过来看一看，看一看老情人，看看陆良朋这个王八蛋还在不在，是不是还坚守在这里。她很想看看他最近在干些什么，是不是又有了别的女人，如果没有，说不定自己心血来潮，头脑发热，就原谅他了，然后说不定还跟他一起过个情人节。

"过情人节没有情人，挺难受的，不是吗？"

盛戎不知道说什么好，不知道怎么回答。

"今天这个情人节，真他妈有点儿意思，没想到会是这样，太让人失望了，我还以为会在这儿看到陆良朋和他的新女友。"

盛戎仍然不知道说什么好。

"我也太幼稚了，竟然还会这么想，竟然还忘不了陆良朋这个王八蛋。"

　　孔欣煜说她肚子有点儿饿了,本来是还不饿的,现在越想越气,越气越饿,是真的有点儿饿。她已经很长时间没吃东西了,说:"我们干脆点两份外卖吧,你想吃点儿什么?"盛戎说:"我不饿。"说完觉得不好意思,好像自己有点儿小气,舍不得花钱,连忙纠正,说:"好吧,你说你要吃什么,我来请客,我来点。"孔欣煜说:"这个用不着你请客,我反正是饿了,饿得受不了,就想赶快随便吃点儿什么东西,这样吧,我就点肯德基了,点这个最快,我手机里都有现成的地址,马上就会送过来。"说话之间,她已经在手机上完成了操作。

五

浴缸里的水凉了,易蓉蓉不得不再添加上一些热水。她在浴缸里已泡了很久,一边泡,一边很闲适地听盛戎说自己的故事。酒精仍然在起作用,听着听着,差一点儿就睡着,或者说已经睡着了。只是打了一个盹儿,迷迷糊糊睡了,又突然醒过来。盛戎还在滔滔不绝,到这时候,易蓉蓉基本上已相信,相信盛戎就是,或者说就应该是个有易装癖的变态男人。现在这个变态的男人,正躲在酒店大堂女厕所,一边给手机充电,一边跟易蓉蓉进行语音通话。很显然,这家伙不只行为变态,精神上也非常压抑,看得出来,他非常希望能向易蓉蓉诉说自己的故事,非常渴望能有这样一个倾诉机会。

根据盛戎的叙述,不难判断,在读书的时候,也就是在上大学期间,他一定是个比较本分的小男生。除了上学,知道的事情肯定很少,没什么社会经验。混到大学毕业,拿到了文凭,到工作单位实习,当一名见习生。离开学校宿舍,告别了充满拘束的集体生活,住在同学先前租好的一个房子里。这里原本住着一对小情侣,男的就是盛戎的同学陆良朋,女的呢,就是那个正在不断奚落和教训盛戎的孔欣煜。

盛戎说孔欣煜是个长得很有特点的女人,个子不太高,染了一头金发,性格十分泼辣,说话仿佛是在发射连珠炮,一串接着一串。叫来了外卖,很快就把自己那份吃完了,她的胃口很好,非常好,接下来,又把盛戎没吃的鸡腿也吃了。孔欣煜跟盛戎解释,自己是从外地坐火车过来的,没想到她租的房子已经被人占了。盛戎被她说得有些不安,她安慰盛戎说:"你不用着急,我还没做最后的决定,还没决定是不是要赶你这个倒霉蛋走呢。"

盛戎告诉易蓉蓉,当时他心里七上八下,一直在偷偷地盘算,如果孔欣煜要赶他走,他又该到哪儿去。没想到孔欣煜十分大度,也不跟他多说这个,不说要不要他走,说:"对了,弄了半天,你还没告诉我你叫什么名字,我姓孔，叫孔欣煜，'孔子'的'孔'，'欣欣向荣'的'欣'，'煜'呢，就是'李煜'的'煜'，李后主的那个'煜'。"对方把自己名字介绍那么详细，盛戎也很认真地介绍自己名字的由来，说他妈喜欢京剧，喜欢花脸，喜欢裘盛戎。

孔欣煜立刻兴致勃勃地问了一句，说："你会不会唱京剧呢，既然你妈那么喜欢京剧？"盛戎回答说他不会唱，不但不会唱，而且一点儿也不喜欢京剧。孔欣煜说："我也不喜欢京剧，这玩意儿太老掉牙了，陆良朋就喜欢，不只是喜欢，还能唱上几段，他自己觉得唱得不错，其实唱得难听死了。"盛戎听她又说到陆良朋，说陆良朋会唱京剧，心里就在想，自己与陆良朋同学四年，还真不知道他会唱京剧，只知道他排球打得好，只知道他很有女生缘。

孔欣煜问盛戎，他与陆良朋在校期间的关系到底怎么样，盛戎想了想，说："真的只能算一般吧。"孔欣煜又问："'一般'又是什么意思，你们男生是不是都不怎么喜欢他？都会觉得他人品不好，都会觉得他为人有点儿渣？他这个人就是渣，绝对是个渣男。"盛戎便实话实说，说："我们接触也不太多，他也没时间跟我们多交往，大家就是普通的同学，我觉得他就那样，还行吧，反正你们女生好像都还挺喜欢他。"说到这里,孔欣煜愤愤不平地来了一句,说:"我知道这家伙骗女生很有一套,他的那点儿破能耐,都用在了骗女孩子上。"

盛戎能够感觉到,孔欣煜嘴上虽然在骂陆良朋,心里还是有点儿惦记他,说来说去,话题总会落到陆良朋身上。盛戎觉得应该换个话题,便问孔欣煜念的是哪所学校,文科还是理科。孔欣煜说:"我为什么要告诉你,反正不是211,更不是985,这又怎么了?请你不要用那种鄙视的眼光看着我好不好,我是一点儿都不觉得你们那个学校有什么好,211怎么啦,985又怎么啦!"盛戎不知道她为什么要突然用到"鄙视"两个字,这两个字用得有点儿莫名其妙,他只是随口一问,其实并不关心她是哪个学校的。

盛戎告诉易蓉蓉,当时他只是不想过多地说到陆良朋。不管怎么说,陆良朋都不应该把这个可能会有争议的房子,再转手租给自己,然后收了他的租金逃之夭夭。他不应该这么做,不应该。盛戎已经对孔欣煜说了老实话,在校期间,他与陆良朋的关系很一般,他们真的没有过太多来往,真的只是普通同学关系,最普通的那种。他恨不得直截了当地告诉孔欣煜,陆良朋心地很傲慢,很自以为是,很可能根本就不太看得上性格内向的盛戎。盛戎也是真的不太了解陆良朋，但是孔欣煜好像就是不愿意相信，就是不肯相信，说着说着，又向盛戎追问起陆良朋的下落，好像他是故意要隐瞒一样。

易蓉蓉从浴缸里爬了出来，因为心不在焉，差一点儿滑个大跟头。她用浴巾擦着身体，擦干了，又往身上涂润肤液，一边很细心地涂抹，一边往四处看。窗帘没拉，所在的楼层很高，完全不用担心别人会看到自己。手机还在充电，盛戎还在那里继续说着，还在继续叨叨。酒店浴室是新式装潢，用一道可以移动的幕墙隔开，洗完澡，再将幕墙移开，浴室和卧室就连成了一体，正好电源连接线也足够长，竟然能把正在充电的手机直接移到床头柜上。

盛戎告诉易蓉蓉，后来的事态发展，完全出乎大家意料，谁也没料到最后会是那样的结局，谁也没想到。故事的进展有些缓慢，由于在一开始，盛戎已经说过，他和她上了床，那么在这之前的一切描述，无非都是些过渡。过渡当然是必要的，但过于拖沓，老是不谈到实质性情节，这就是在故意卖关子了。况且，尽管一再说自己是男人，可是盛戎说故事的语调，还是带着女气，还是有点儿女生的味道，或者说还是感觉很"娘"，特别是与孔欣煜说到陆良朋的时候，就仿佛两个女生在议论一个男生。

说着说着,盛戎会冷不丁地在电话那头问一句,说:"易老师你在听吗,你还在不在听?"这时候,易蓉蓉便清清嗓子,轻轻咳一声,表示她还在听,表示她还没睡着。于是盛戎便接着往下讲述,继续叨叨,话一直不太投机,孔欣煜并没有最后表态,没有说清楚这房子到底还让不让他继续住下去。她显然不甘心就这么离去,一会儿说自己要走,说马上走,可就是迟迟没有离去的意思。她的很多东西还在这儿,柜子里还挂着她的衣服,角落里还有一双她的红皮鞋,早已经落满了灰尘。

话不太投机,大家找话说又太累,孔欣煜突然主动提出要和盛戎玩一会儿电子游戏。当初陆良朋与孔欣煜同居,每天都是《魔兽》《DOTA》(《刀塔》),结果成绩全线飘红,几乎没办法毕业。孔欣煜不喜欢打《魔兽》,常常逼着陆良朋陪她一起打《英雄联盟》。《英雄联盟》又叫"LOL",很热门的竞技网游之一,玩的时候,不但有情侣英雄,也有情侣英雄的酷炫皮肤,最适合在情人节两人一起玩。孔欣煜说她大老远地坐火车赶过来,可能就是想和陆良朋再玩一次《英雄联盟》。她喜欢在游戏中处于那样一种局面,两个人一起玩下路，眼看着已落入下风，就要完蛋了，这时候会有一种不一样的浪漫，胜负已经不再重要，重要的是两个人一起开心地玩耍，生死与共，你保护着她，她依赖着你。

现在，陆良朋已不在这里，当初是孔欣煜主动出走，她是被他活生生地气走的，她大哭着离开了，发誓不会再回来。然而她又食言了，又回来了，他已经不在这里。孔欣煜只能把一腔委屈、满肚子的不高兴，都发泄在无辜的盛戎身上，她说："你怎么会这么笨，怎么会这么愚蠢？玩游戏的水平竟然会这么差，男生像你这样，难怪找不到女朋友。"她讥笑盛戎没有女朋友，活该被陆良朋这样的同学欺骗。

盛戎被她骂得无话可说，看她又好像不是真的很生气，反驳了一句："你说得对，我是被陆良朋欺骗了，可是按照你说的话，按照你描述的那样，你不也是被他骗了？"

孔欣煜说："我和你不一样，我是被他骗了感情，被他骗财骗色，我比你更愚蠢、更惨。"

易蓉蓉打了一个呵欠，觉得老是听盛戎说这些太没意思，绕来绕去，东一榔头西一棒槌，不知道他究竟要说什么。时间似乎也不早了，她开始有些困意，不想再继续听他说下去，准备强行打断他，说："你现在还在女厕所吗，你那手机的电恐怕也应该充满了吧？"盛戎回答说早就充满了，他其实已经离开女厕所，这时候，正坐在大厅一个沙发上，环境还算可以，面前还放着一瓶百岁山矿泉水。

易蓉蓉直截了当地问盛戎："说了半天，你和那个姓孔的小女生，最后到底怎么样了？你不是一开始就说你们当天便上了床吗，到底又是怎么一回事？"这一招单刀直入，一下子把盛戎给问住了，对方沉默了，不说话。

易蓉蓉笑了，说："你跟我说实话吧，你就直接告诉我得了，你们两个一起打游戏，打完游戏呢，游戏打完了干什么？"

"孔欣煜又叫了外卖。"

"又叫了外卖？"

"又叫了两份肯德基。"

"然后呢？"

"然后我们把肯德基吃了。"

"吃完以后呢？"

"又打了一会儿游戏……"

易蓉蓉觉得自己都快崩溃了。"然后呢？然后你们又叫了两份外卖，又叫了两份肯德基？"

"不，没有再叫肯德基，没有再叫外卖，我们上床了。"

　　"天哪，你们上床了，"易蓉蓉笑了，略带讽刺地说着，"绕了这么一大圈，你们两个总算是上床了，终于。"

　　盛戎的声音变得很低沉，好像很不好意思继续往下说，有些话不想说，有些话说不出口。停顿了好一会儿，才接着往下继续，说："孔欣煜让我假装陆良朋，她让我扮演陆良朋，她说今天是情人节，今天是个特殊的日子，是一个值得纪念的日子，是一个必须有些说法的好日子，她要和她的渣男前男友陆良朋再做最后一次。这一次告别相当于永别，这一次永别意味着永远不会再见。反正说开始就开始了，从一开始，她就一直在骂骂咧咧，粗话连篇，一口一个'陆良朋你不得好死'，一口一个'陆良朋你死有余辜'。"易蓉蓉觉得盛戎跟自己叙述的这个场面，很滑稽，很精彩，也很浪漫，很有镜头感，完全可以把它拍到电影里去。

　　易蓉蓉说："这是你的第一次吗？"

　　盛戎迟疑了一下，有些扭捏地说："也不是。"

　　"我怎么感觉你一点儿经验都没有，很被动。"

　　"我是有些被动吧。"

　　"这个女孩把你当作了她的前男友，你又是怎么想的？

你当时的状态,又怎么样?"

"我就想象自己可能就是陆良朋,我当时就尽量这么去想,有一段时候,我只是说有一段时候,真觉得自己好像就是,就已经是这个人了,我突然觉得我就是陆良朋,陆良朋就是我,我觉得自己就是孔欣煜的前男友。"

"有意思,你这个觉得'我就已经是人家前男友'的想法,非常有意思,非常有想象力,干得漂亮,干得痛快。"

"干得漂亮?干得痛快?"

"对呀。"

"可我没觉得有多漂亮,也没觉得有多痛快。"

"为什么?"

"我觉得怪怪的。"

"为什么?"

"我的眼前都是孔欣煜的金发,散发着一种很独特很奇怪的味道,那味道说起来也算是挺好闻的,只是有点儿奇怪。我已经跟你说了,她染了那么一头金发,长发飘逸,像金色的瀑布一样披挂下来。我看不见她的脸,也不想看她的脸。她像一头狮子,像一头愤怒的雄狮,舞动着它的金发,张牙舞爪,很疯狂,我看不清孔欣煜的脸,看不到她的表情,看不清，看不到。她叫着，喊着，我当时突然产生了一个非常奇怪的念头——真的是个非常奇怪的念头。"

"什么念头？"

"我就在想：她那个地方，会不会也染成了金黄色？我当时真是这么想的，我真的很想知道。"

"结果呢？"

"什么结果？"

六

第二天下午,易蓉蓉在当地一所大学还有场演讲,标题是《女性主义的后现代》。这个题目看上去很有学术性,其实跟前一天演讲的《当代中国社会中的女性"零余人"问题》,也没太大区别,无非看上去更加学院化。鉴于易蓉蓉的青年长江学者身份,她已被要去演讲的这所大学聘请为住校兼职教授,会得到一份很不错的报酬,以后每年要在这儿上满一个月的课程。因此正式演讲前,还要举行一个隆重仪式,大学党委书记,一位很成功的知识女性,亲自给易蓉蓉颁发聘书。

女书记长得不漂亮,甚至略有点儿"那个",虽然是在念稿子,但她讲话热情洋溢,声音响亮,讲着讲着便脱稿,就女性话题大发议论，很有几分女强人的霸气和豪爽。讲完，易蓉蓉上台接受聘书，然后接着公开演讲。她早就准备好了开场白，一番很真诚的感谢以后，易蓉蓉又一次提到了"在岸边散步的鱼"，强调作为一名社会学家，必须要像一条有着超自然能力的鱼那样，要有一双鱼的眼睛，不管水质清澈还是浑浊，这条鱼都从来不眨眼睛，除了潜伏在水中，它还必须能够上岸，能够在岸上漫步，能够从岸上看见水下的芸芸众生。因为是在大学，她知道今天的演讲，要更具有学术性，要让听众感到演讲者很有学问。

学术和学问向来容易蒙人，这年头少有什么真学问，既然是在大学公开演讲，学生都是组织好的。如果不事先安排好，仅仅靠一张演讲预告，贴几张海报，学生根本就不会来听讲座。易蓉蓉知道演讲要想精彩，要想让听众听进去，就一定要讲故事，要好玩儿，才能抓得住人，同时，又必须说一些大家可能不太容易听懂的大道理，要把那些本来很浅显的话题，故意弄得复杂一些，要把明白，弄得不太明白。

譬如"女权主义"和"女性主义"的区别，在分析两者的区别之前，易蓉蓉先对福柯进行了批判，福柯是后现代的祖师爷，要谈后现代，就必须先拿祖师爷开刀。然而这种

"开刀",有时候就是变着法子致敬。福柯曾经说过,所有的权力,都会制造反抗,以反面话语的形式产生新的知识,制造出新的真理,并组成新的权力。因此,后现代女性主义的抱负,就是要发明一套女性自己的话语。

"为什么呢?因为我们的这个世界,用的都是男人的话语,男人就是这个世界的话语,就是这个世界的中心。"

在演讲中,易蓉蓉一再强调她所要表达的观点,那就是我们所要求的一切,我们正追求的东西,一言以蔽之,简单地说,就是一定要有我们女人自己的声音,我们要学会用我们女性的声音发声,而不是学着像男人那样说话。这个世界是男人的,它也应该是女人的,男人以男人的名义讲话,女人呢,也必须以女人的名义讲话,这不仅仅是个平等不平等的问题,而是必须要有女性的独特性,女性就是女性,这可不是一个简单的权利问题,事实上,到目前为止,太多的女性主义文字,一直在用男人的语言对女人耳语,用男人的语言跟女人说悄悄话。

演讲的前半段,易蓉蓉侃侃而谈,挥洒自如,表现非常出色。听众显然被她的口才折服了,许多大学生,尤其是女大学生,听得目瞪口呆。易蓉蓉正在享受自己的表演,她的讲话一次又一次被掌声打断。这样的效果是可以预料的,而且易蓉蓉很自信,相信自己会越说越好,越说越能抓住听众。渐渐地,话题过渡到了女人的化妆打扮上。

"我们都知道中国有一句古话,就是'女为悦己者容',我想这句古语很值得讨论,从男权的角度出发,这是为了讨好自己男人。女人为什么要化妆呢?为什么要涂脂抹粉呢?还有,为什么要去抽脂、隆胸、拉皮?为什么?很简单,都是为了讨好男人,因为这个世界是男人的,讨好他们总是会有一些不得已的成分在里面。对了,必须要强调一下,我说的这个什么抽脂,什么隆胸,还有什么拉皮,暂时和同学们还没有关系,你们还年轻,你们风华正茂,你们暂时还不会想到这些,还用不着考虑这些,对你们来说,这些事还很遥远。"

听众大笑,女学生笑倒一片,易蓉蓉停顿了一下,喝了一口水,继续往下说:

"因此,作为女性,能不能'为悦己者容',要不要为悦己者化妆打扮,答案是肯定的,也可能是否定的,为什么?说肯定,因为它几乎不容怀疑,我们女性事实上不都是这样吗?爱美是我们女人的天性,不要说我们女人,现在许多男人不也是这样,不也是这样爱臭美吗?有个什么词是形容他们这些人的……"

底下一片骚乱,七嘴八舌:

"帅哥。"

"小鲜肉。"

易蓉蓉抓住机会与听众互动,说:"对,还有什么词,谁能说一下?"

一个戴眼镜的女生站了起来,说:"小白脸儿。"

"小白脸儿,对,很好,还有没有?"

一个短头发女生坐在那儿喊了一句,易蓉蓉没听清楚,希望她能再说一遍。短头发女生依然坐着不动,抬高了声音喊着:

"吃!软!饭的!"

"好,吃软饭的,这个也可以算,还有没有了,谁还能再补充?"

下面的人继续补充,七嘴八舌,有的说"贱男",有的说"渣男",还有的说"花样美男",还有的说"天界妖童"。易蓉蓉说"贱男"和"渣男"可能不能算,"花样美男"十分形象,可以算,她想说的只是男人现在也开始臭美了,男人也开始化妆打扮,也开始"为悦己者容",这应该是人类发展的一个进步标志。让她感到最有趣的是"天界妖童",因为这是易蓉蓉第一次听到这个词,她很想知道这个词的出处。

"能告诉我这四个字是怎么来的吗?"

没人愿意回答这个问题,出现了冷场,易蓉蓉只好自问自答:

"我猜想很可能是电子游戏里的人物,这四个字挺有意思,反正我并不觉得是贬义词,也不觉得是在骂人。这样吧,我们还是把话题回到'女为悦己者容'上面,我觉得这句话其实非常的后现代,是后现代女性主义最好的广告,为什么呢?因为它表现出了女性很强的自我选择意识。如果说一个女人去做隆胸手术,用女权主义的观点来解读,这就是男人在命令他的奴隶,也就是命令他的女人,为了满足主人的欲望,为了娱悦主人,去做这个手术,因此这个女人完全是男性权力的受害者。但是如果我们换个角度,不是从猎物这个角度去看待,而是从猎人的视角去想,那个女人打算去做隆胸手术,去拉皮,去抽脂,不是男人压迫她的结果,很可能是她的自我管制和自我统治,是自我遵从规范的结果,她很可能不是因为被动,为了取悦,而是为了更加主动,因为她更想扮演猎人的角色。"

没想到易蓉蓉的思绪,最后会被盛戎给打断,她突然就在人群中看到了盛戎,不知道盛戎是什么时候进来的,也许演讲刚开始就进来了,早就已经在这儿,一直在下面注视着自己。经过昨晚的对话,易蓉蓉已认定盛戎是一个男人,是个有着易装癖的男人,然而现在再次面对,大家再次面对面,看到盛戎的那个模样,易蓉蓉还是觉得这人更像一个女人,更应该是个女人。盛戎完全就是女人的样子,和女生混在一起,埋没在女人堆里,看不出与别的女性有任何区别,她怎么可能是个男人呢?

易蓉蓉突然意识到自己很可能被骗了,很可能,盛戎本来就是个女人,她说的那些故事,根本不存在,什么孔欣煜,什么陆良朋,还有租房子,叫外卖,买肯德基,打游戏机,玩《魔兽》,疯狂地做爱,都是胡说八道,都是没有影子的胡扯。这显然是个变态女人的胡思乱想,应该说是不同寻常的变态,天知道盛戎那混乱不堪的脑海里,都是些什么。她究竟想干什么呢,为什么要一次又一次地跑来听易蓉蓉的演讲?这个世界上有许多奇奇怪怪的人,盛戎毫无疑问就是其中一个,现在,这个女人已经盯上了易蓉蓉,接下来会怎么样，会发生什么事，还真不好说。易蓉蓉开始有点儿后悔，后悔昨天晚上没有当机立断，不应该花那么多时间与她纠缠，不应该落入她设计的圈套。

此时此刻，盛戎那双美丽的大眼睛含情脉脉，她正目不转睛地盯着易蓉蓉。事实上，一旦意识到这双眼睛的存在，明知道此刻它在一动不动地盯着自己，这个炯炯有神的目光，一直在注视着自己，易蓉蓉还是无法不去正视。她想到了避开，想到不去理睬，想到应该忽略它的存在，可是又会情不自禁地看过去，主动与它对视。双方眼神便立刻对上了。盛戎一直在等候易蓉蓉的目光，像磁铁一样吸引着，她的目光很清纯，充满了一种天真的期待。

易蓉蓉思路全乱了，该说的没说，不该说的却已经开了头。思想的野马开始奔跑，虽然有PPT，有提纲，她完全可以照本宣科，可是情绪已被破坏，思路已被打断，语气也变得结巴。最后她不得不看看手表，说："时间也差不多了，我们还是进入对话环节吧。"刚说完，又有些后悔，她担心盛戎会举手，会抢话筒提问。底下已有很多人把手举了起来，话筒被递到一个个子不太高的女孩子手上。女孩子站了起来，先试了试话筒的声音，然后开始提问：

"易老师好,我是一名来自人文学院的女研究生,想向你提两个问题:首先,我们大家都知道,你说到了女性主义和女权主义的区别,说了很多,可是我们如果翻开英文字典,会发现在西方,它们都是一个词,都是'Feminism',为什么同一个词语,你非要做出不同的解释?当然,在中国,女权研究是有着特殊意义的,它可以是一项政治运动,可以挑战诸如生育的权利、堕胎的权利、被教育的权利,以及代表的权利,也就是'Representation Politics',还有性骚扰、性别歧视与性暴力等等议题……"

提问很长,说了半天,还是停留在第一个问题上,具体想问什么,也没说出来,听众已经不耐烦了,开始发出嘘声。这位女研究生的英语大约还不错,不时地会冒出几个英文单词。因为她就坐在盛戎身边,当时往那个方向递送话筒时,易蓉蓉想到提问的很可能就是盛戎。提问的这位因为说得太多,话太长,到最后,自己也忘了想问什么,又接着准备问第二个问题,易蓉蓉不得不打断她:

"对不起,我很认真地听了,可是我并不明白,确实是有些不太明白,需要我回答什么样的问题呢?我觉得有些问题,你的那些问题,好像都已经在帮我回答了,用不着我再说了。"

听众为易蓉蓉表现出来的机智喝彩，大家对提问者的卖弄早已不满，喝彩声就是对这种不满的发泄。其实易蓉蓉内心很乐意女研究生这么滔滔不绝地说下去，一直说下去，对方一个劲儿地说，自己便可以不说，便可以趁机休息。关于女性主义的话题，易蓉蓉最害怕跟女生纠缠，有些话是说不清楚的，俗话说"女人何苦为难女人"，可是女人最容易为难女人，最容易争斗，知识女性更容易争斗，可能最初是想弄个明白，结果却是越弄越不明白。

接下来的提问开始变得简单，越来越简单，大家争先恐后，踊跃举手发言。对性骚扰，对"Me Too"（我也是）运动，还有女性下岗、流产和遗弃女婴等问题，易蓉蓉都简短地发表了自己的看法。她已经从不安的情绪中恢复过来，思想重新开始活跃，盛戎的存在对她已没有丝毫影响。现在，易蓉蓉的表现很专业，她开始从容解答问题，四两拨千斤，无论说什么，都是娓娓道来，什么样的提问，都能够回答得非常到位，既显得有很深奥的学养，又非常的人性化、平民化，让各方面的人都能愉快地接受。

演讲终于结束，终于在热烈的掌声中画上圆满句号，有人上来献花，有人捧着她的著作请求签名，还有人要求一起拍照留念。所有这一切，易蓉蓉都很熟悉，应付自如。通过眼角的余光，易蓉蓉意识到盛戎正在向自己走过来，她好像还有些犹豫，有些不好意思，磨磨蹭蹭地来到了易蓉蓉的身边，十分亲切地叫了一声：

"易老师好，我今天又来了，又来听老师的演讲。昨天已经跟易老师要过签名了，我今天能不能一起跟老师拍张照？"

盛戎提出这个要求的时候，易蓉蓉正在准备和别人一起合影。演讲结束后，用手机求合影变得很流行，她显然没理由拒绝盛戎，也没必要拒绝，不就是一起拍张照吗，又能怎么样？想和易蓉蓉一起拍照的人，还有好几位，易蓉蓉只能像个模特一样，被动地站在那儿，一动不动，身边的人不断地在换，走掉一个，又上来一个。她的脸上必须始终保持着微笑，微笑着看为她拍照的人。

这时候，面对正在排队等候一起拍照的盛戎，易蓉蓉心里忽然想到了孔欣煜，想到盛戎故事中的那个女孩。这时候，孔欣煜的形象开始活灵活现，出现在易蓉蓉脑海里。她突然意识到，孔欣煜可能不仅是个人名，这个人也许确实就是存在的。很可能，这个孔欣煜根本不是什么别人，很可能就是易蓉蓉身边的这位美女盛戎。盛戎和孔欣煜很可能就是同一个人,易蓉蓉只是不能确定,哪一个才是这个人的真名,到底是"盛戎",还是"孔欣煜"。

真相已接近大白,自称是男性的那位盛戎,非常可能只是化名,完全就是虚拟的、伪造的、不存在的。因此,在与盛戎一起合影时,易蓉蓉心里带着几分得意,觉得自己把一个不太容易想明白的事,总算给弄明白了,一堆杂乱无章的线团,终于让她给理出头绪。盛戎开始与她合影,易蓉蓉注意到,那个最先站起来提问的人文学院女研究生,此时也站在自己对面,正盯着她和盛戎看。易蓉蓉心里在盘算,拍完照以后,是不是可以考虑问一下身边的这位美女盛戎,问问她自己的推理对不对,准确不准确,她到底叫什么名字,叫盛戎,还是叫孔欣煜。

就在这时候,身边的美女盛戎喊了一声,她喊的这一声,让易蓉蓉大吃一惊,让易蓉蓉大出意外。盛戎并没有跟易蓉蓉说话,她不是在跟易蓉蓉说话,而是在招呼对面的那位女生,也就是那位最先提问的人文学院女研究生。易蓉蓉听见身边的盛戎在喊那位女研究生,在招呼她:

"孔欣煜,你也过来吧,一起与易老师拍张照。"

七

　　孔欣煜的突然出现，让易蓉蓉不知所措，没想到真会出现这样一个人，没想到这个人就是盛戎说的孔欣煜，就是昨天晚上叙述的故事中那个女生。易蓉蓉有一种让人捉弄了的感觉，孔欣煜确实像盛戎说的那样，除了不是一头金发，其他基本上都能对得上号，个子不高、漂亮、爽快果断、说话语速很快。盛戎招呼她过来一起拍照，她摇摇手，意思是说：算了吧，我不想拍，我干吗要和这人一起合影？我才不在乎呢。

　　站在易蓉蓉面前的这位孔欣煜，态度并不是很友好，当然也不能算太不友好。她显然没有盛戎那样的热情，不冷淡也不热情，根据日程安排，易蓉蓉要过几个月，要到下个学期，才会来住校，因此，已经订好回家的飞机票，晚上十点钟的航班。在这之前，还有些时间，学校安排学生陪她先四处参观，看看图书馆，看看未来要入住的教师公寓，在学校食堂吃个简餐，送她去机场。孔欣煜便是校方安排陪同的学生之一，听演讲的同学都散了，大礼堂已没什么人，她把学校交代给自己的任务，再一次说给易蓉蓉听。

"易老师，我们学校还是挺大的，图书馆就在这儿，我们先看一眼，然后就可以坐车去教师公寓。"

"好啊，我听从你们的安排。"

"你看，这里是图书馆，它紧挨着大礼堂。"

易蓉蓉按捺不住好奇心，很冒昧地问了一句："你就是孔欣煜？"

"对呀，我就是孔欣煜。"

"孔欣煜就是你？"

孔欣煜感到奇怪，看着易蓉蓉，不明白她为什么会这样反复询问，不明白她为什么要用那种好奇的眼光看自己。易蓉蓉笑了，盛戎传递过来有些焦急的眼色，显然是希望她不要这样问孔欣煜，不要这样跟孔欣煜说话，不要这样看着孔欣煜。很快参观完图书馆，本来也只是象征性地看一眼，易蓉蓉注意到并没有多少人在看书学习，很多座位都是空的，或者说大多数座位都是空的。

作为一名大学老师，易蓉蓉早已习惯了图书馆中这样的场景。盛戎也一直在陪同，然而她的行为很奇怪，事实上，她更像是在陪着孔欣煜，她更关心的是孔欣煜的一举一动。易蓉蓉看见她们两个在说悄悄话，说什么，当然是不想让易蓉蓉听见，然而又明显能够感觉得到，她们说的话，一定是与易蓉蓉有关。校方安排了一辆小车，易蓉蓉要坐这辆车去教师公寓，最后去机场，也还是坐这辆车。

现在与易蓉蓉在一起的，除了盛戎和孔欣煜，还有其他同学，一辆小车坐不下。盛戎主动表示，自己可以骑自行车去，孔欣煜做出安排，谁坐小车一起走，谁骑车。结果学生会负责接待的一名男生，一看就像名学生干部，被安排坐到前排副驾驶的位置上，易蓉蓉和孔欣煜则坐在后面。小车很快，穿过林荫道，穿过一栋栋大楼，经过体育场，驶入学生住宿区，到达教师公寓。也没什么可看，跟易蓉蓉所在的大学外教公寓相比，几乎没有什么差别，都非常标准化，房间不是很大，有独立卫生间，有可以做饭的小厨房，仿佛同一个模子浇铸出来。

从教师公寓出来,骑车的那几位也赶到了,盛戎因为有一头亚麻色的头发,站在那几个人中间,看上去特别显眼。易蓉蓉笑着对他们挥手示意,盛戎的眼神十分清澈,水汪汪地看过来,问:"怎么这么快就出来了?里面怎么样,易老师对这地方还满意呀?"孔欣煜便说:"我们没问,我们没好意思问。"这时候,那名学生会的干部发言了,很严肃地说:"我们学校请的外国专家,也就住在这个地方。"他的话很有干部派头,说完了,别人都不知道怎么接他的话。易蓉蓉只好笑着点点头,孔欣煜看着他,说:"你这话什么意思?好像外国专家就更厉害,就应该比中国专家高一头,真是莫名其妙。"

学生会干部被她呛了一下,解释说自己不是这个意思,说跟学生宿舍相比,这里也还算不错了,又说他们学校博士生宿舍,说起来是两人一间,其实基本上都是一个人一间。易蓉蓉一时没明白过来,说:"现在很多学校的博士生,都是一人一间,我们学校几个人住一套,每人一间,大家共用一个客厅。"很快易蓉蓉就明白了,原来在座同学中,只有这名学生会干部,是刚直升博士的研究生。他说这些话,无非表示自己与大家不一样。

接下来,去学生食堂吃饭,学生会干部负责为易蓉蓉买单。他一本正经地把孔欣煜叫过来,说:"其他人我管不了,你这一份我可以帮你买,到时候一起做账一起报销。"孔欣煜听了,十分不屑,说:"用不着,我们自己买好了。"结果易蓉蓉要了一份海鲜石锅饭,学校食堂居然还能有这个,这地方靠海,点海鲜肯定不会错。吃饭的时候,盛戎和孔欣煜很亲密地坐在一起,吃完饭,学生会干部又把孔欣煜叫过来商量,说:"晚上还有事,不去机场送易老师了,送易老师的事,交给你。"说完,很认真地看着易蓉蓉,说:"易老师抱歉了,晚上还有工作,就不亲自送你去机场了,我是真的有事。"

易蓉蓉说:"用不着你们送,有司机师傅送就行了,用不着的。"

学生会干部说:"不,要送的,你是尊贵的客人,一定要有人送,必须要有人送。"

孔欣煜站在一旁不说话,冷笑,然后大家一起离开食堂,易蓉蓉看见孔欣煜在招呼盛戎,说:"你陪我一起送易老师。"盛戎听了十分乐意,连声说好。在学生食堂门口,大家匆匆挥手作别,没想到学生会干部会一本正经地主动伸过手来，要与易蓉蓉握手，其他的人都笑，都在笑他的举动，弄得易蓉蓉有点儿尴尬。然后，她被安排坐在前座，孔欣煜与盛戎坐在后排。车子刚开出去，孔欣煜便忍不住，说："真是受不了，不就是一个学生会的小官僚、一个博士生，干吗要这么嘚瑟，干吗要这么做作？就害怕别人不知道他是谁，何苦呢，有这个必要吗？"

易蓉蓉回头问孔欣煜，说："我只知道你是人文学院的研究生，你是博士生，还是硕士生？"孔欣煜说："当然是硕士生，我们这个专业，在我们学校，还没有博士点。"易蓉蓉觉得挺好奇，说："没想到你是学古典文学的，一个学古典文学的，对女性主义还挺有研究。"孔欣煜的回答漫不经心，说："我也没想到自己会读古典文学，我都不想读这个专业了，没意思。"易蓉蓉笑了，说："其实现在读什么专业都没意思，你既然已经读了，先把一个文凭混到手再说。"孔欣煜说："我爸也是这么说，你跟他说的一样，想想也对，都到了这一步了，当然要读下去，好在唐诗宋词，我还算是喜欢，管它呢，读就读吧。"

坐在后排的孔欣煜和盛戎，紧紧地依偎在一起，样子非常亲密。就在回头的一瞬间，易蓉蓉看见她们十指紧握，紧紧地扣在一起,孔欣煜的状态很放松,她小鸟依人地靠在盛戎肩膀上。易蓉蓉突然又想到了昨晚盛戎说过的那些故事,想起了盛戎叙述过的那些场景。现在,坐在易蓉蓉身后的,没有疑问地应该是两名女生:说话小心翼翼的盛戎和说话犀利泼辣的孔欣煜。然而因为昨天晚上的长谈,盛戎究竟是个什么样的角色,究竟是男是女,又开始困惑易蓉蓉了。

去机场要两个多小时,考虑到自己身边还有一位开车的女司机,易蓉蓉知道有些话不方便问,她最多只能跟她们聊聊天,随便说些什么,譬如孔欣煜是学古典文学的,那么盛戎呢,她读的又是什么专业?

盛戎直截了当地回答,说:"我不是这个学校的学生,我早就毕业了。"

易蓉蓉回过头,看着盛戎,"你干什么工作呢?"

易蓉蓉盯着盛戎看,想看看这个人到底有没有喉结。盛戎避而不答,拒绝回答这个问题。易蓉蓉需要一个答案,答案好像已经有了,根据已有的经验判断,她觉得这两个女生更像是一对女同,也就是说她们很可能是一对女同性恋。作为一名女性社会学家,一位国内有名的学者,易蓉蓉对同性恋一点儿都不陌生,她文章中曾多次写过这方面内容。"香闺结友倍情痴，盟重金兰信不疑"，如果真像易蓉蓉预料的那样，那么盛戎很可能只是在女同关系中，扮演偏男性的那一方，这也是她会一直说自己是男人的缘故。

孔欣煜在后排对盛戎说着什么，好像在责怪对方，盛戎呢，好像在向她认错。这一切，让易蓉蓉更加坚信自己的判断，于是也故作很随意的样子，再次扭转过身体，问盛戎昨天晚上跟她聊的那些事，说了那么多，是不是都是真的。

孔欣煜想不明白地问盛戎："你们说什么了？"

盛戎掩饰说："没什么，没说什么。"

孔欣煜不相信，继续追问："没说什么？"

"真没说什么。"

这时候，易蓉蓉心里不免有些小小得意，她不再说话，保持着沉默，保持着悬念。透过车内后视镜，她的目光与盛戎对接上了，盛戎使了个狡黠的眼色，嘴角露出了会心微笑。易蓉蓉也忍不住笑了，孔欣煜看见易蓉蓉在笑，认定这两个人肯定说过什么，不过她似乎也不在乎，别人会怎么看，她根本不在乎。孔欣煜注意到易蓉蓉正不时地偷眼看她和盛戎，索性就掏出化妆盒给自己补妆，补完了，又很认真地给盛戎补口红，那架势就是你爱怎么想，就怎么想，我们就这样了，你又能怎么样。

　　爱美可以传染,坐前排的易蓉蓉受到她们影响,将手机调成自拍状态,把它当作镜子,看了看自己的脸,然后也掏出小镜子和粉扑,给自己补妆。小车在高速公路上飞速行驶,大家都不说话,安静了一会儿,盛戎打破了僵局,问易蓉蓉到了目的地,有没有人来接她。易蓉蓉回答:"当然没有人接,时间已很晚,地铁恐怕也没了,实在不行的话,我就打车回去。"她接着又补充了一句,说自己喜欢坐地铁,打车可以报销,她的科研经费根本用不完,然而她平时还是更愿意坐地铁。

　　终于到了机场,易蓉蓉与盛戎和孔欣煜道别,向司机师傅表示感谢,然后拎着行李,走进候机大厅,掏身份证办理登机手续,感觉到自己手机震了一下,打开一看,盛戎刚发过来一条微信,上面写着:

　　"易老师一路平安!"

八

飞机最后还是晚点了,易蓉蓉只能把这次延误归结为自己运气不好,过去一年里,飞行了二十多次,几乎没有一次准点起飞。最糟糕的一次还遭遇了航班取消,她被困在昆明机场,等候第二天一早的飞机,第二天还要给本科生上课,按照学校规定,不管什么样的理由,赶不上上课,都算是严重教学事故。

好在延误的时间也不算太长,过了快两个小时,开始登机,飞机在机场滑行,走走停停,又拖了差不多一个小时。这期间,闲着无聊,易蓉蓉一直都在看手机。盛戎又开始给她不断地发微信,问飞机是不是准点,她很沮丧地回了一条:

"没有意外,果然还是延误了。"

然后盛戎就一条接一条地发过来,问延误多少时间,因为什么延误了,希望易老师能够静心等候,不要着急。易蓉蓉嫌她太啰唆,回了一条:

"不好意思,我手机快没电了。"

盛戎立刻又发微信过来,还是一条接着一条,说:"易老师你不用回复,你赶快找个地方充电,候机的地方肯定有,肯定可以充电,老师没带充电宝吗?"现在的年轻人手机上打字飞快,盛戎继续一条条发微信,说:"好像就要下雨了,不过老师在候机大厅不会受影响。"事实上,易蓉蓉的手机还有电,她也带着充电宝,只是不想跟盛戎纠缠,现在她只想一个人安静那么一会儿,让大脑静一静,休息一下。

飞机终于起飞,在空中飞行,降落,在跑道上滑行,易蓉蓉将手机飞行模式取消,立刻又有很多条微信进来,其中有一条是她老公写的:

"不等你了,先睡,明天还要上班。"

其他都是盛戎的,起码有二三十条,基本上都是问候,很显然,她一直在关注着易蓉蓉,在关注她的动态。到家已是深更半夜,易蓉蓉感到非常疲惫,在行李箱里找钥匙,摸索了好半天,才在一个角落里摸到钥匙,蹑手蹑脚开门进去,拿出换洗衣服,匆匆洗个澡,上床睡觉。老公早睡了,听见她回来,迷迷糊糊地问了一句,又继续沉入梦乡。

  这时候,易蓉蓉突然没了困意,因为要给手机充电,她又将手机拿过来,就在床头接上电源,顺便再看一会儿手机,看一会儿朋友圈。到了这个时间点,手机上显得很安静,应该不会再有什么人发消息,没想到手机抓在手上,不一会儿,朋友圈就又上来了一条新的动态,这是盛戎刚发布的,一组易蓉蓉演讲时的图片,还配好了说明文字。可惜那些照片拍得并不好,不清楚,人也拍得不好看。

  几乎是同时,盛戎发给易蓉蓉的微信,一闪一闪地也到了:

  "易老师,平安到家了吗?"

  想到盛戎在这时候还在惦记自己,易蓉蓉有些感激,便回了一条微信,并且在后面添加了两个"抱拳"的小图标:

  "已经到了,谢谢。"

  "易老师早点儿休息。"

  "我已经上床了。"

  "上床就好,易老师晚安,睡个好觉。"

"马上就睡。"

"晚安！"

"晚安。"

在这一组对话中，易蓉蓉又加了几次"抱拳"的小图标，通常在表示谢意的时候，她只会加上这个。盛戎聊天时玩小图标的花样就太多了，琳琅满目，一会儿是"鲜花"，一会儿是"拥抱"，还有一杯又一杯的"咖啡"。有些小图标究竟代表什么，易蓉蓉也弄不清楚，只能大致猜个意思。

因为没有睡意，在身旁老公此起彼伏的鼾声中，易蓉蓉又把盛戎与自己的微信，细细地审读了一遍。盛戎究竟是一个什么样的人呢？是男是女，是"他"还是"她"？确实有点儿神秘莫测。与真人在一起，怎么看，盛戎都应该是个女的，可是她在叙述自己身份时，又不止一次强调自己是男的。易蓉蓉几次留意，想看看盛戎到底有没有喉结，好像是真看不出来，一会儿觉得有，一会儿又觉得没有。

易蓉蓉只是个半路出家的社会学家，她知道自己并不是什么都懂，知道自己经常只是装得很博学，装得很有学问，仿佛什么都懂，什么都知道。事实上，很多事她都不懂，都不知道，不仅是她，很多所谓的著名社会学家都一样。有太多种可能,如果在生理上,盛戎是女性,那么很可能就是女同中的"T"。"T"来源于英文单词"Tomboy",意思是指淘气的女孩。如果盛戎在生理上是个男的,那么很可能就是有易装癖。什么样的可能都有,可是如果说盛戎是"T",也就是在女同中特质倾向于阳刚,或喜欢做男性化打扮的那位"淘气女孩",这个明显又有差错,因为盛戎一点儿也不阳刚,男性化根本就不沾边,而且也不"淘气"。如果说是易装癖,那么盛戎又确实太厉害了,他的易装术太高明,男扮女装的本领也太强大了一点儿,又太像女人了,比女人还女人。

想着想着,易蓉蓉睡着了,睡得并不是很踏实。不断做梦,各式各样的怪梦。梦到她在草原上奔跑,身后有一只狼在追逐自己。天亮时,易蓉蓉被老公刷牙的声音惊醒了。老公刷牙声音很大,用清水漱嘴,喉咙口总会发出一种很奇怪的声音。他是一名公务员,在副厅级干部的位置上熬了很多年,最近很可能就要转为正厅,上司已跟他谈过话,给了他非常明确的暗示。刷完牙,从卫生间出来,看见易蓉蓉醒了,便过来跟她亲热,在她额头上轻轻亲了一下。

亲完了额头,还要亲嘴,易蓉蓉说:"你走开,死走,人家还要睡呢,我昨天晚上睡得太晚了,这会儿还没睡醒。"老公说:"你睡醒了也没戏,我上班时候到了,没时间了,已经来不及打一炮。"易蓉蓉说:"你这人怎么这么无聊,这么粗俗下流。"老公便笑,说:"跟自己老婆,粗俗一点儿又怎么了,下流一点儿又怎么了,犯法吗?"说着手伸进了被窝,在易蓉蓉身上乱摸乱捏。自从儿子出国上大学,他们省了不少心,夫妻之间情趣大增,老公粗俗不堪的语言,也越来越多,越来越过分,易蓉蓉给出的解释是:老公是公务员,平时在外面要道貌岸然,要装腔作势,太压抑,回到家里,彻底放松,就会忍不住要流氓。

易蓉蓉说:"又要开始要流氓了。"

老公说:"这怎么能怪我呢?三十如狼,四十如虎,五十坐地——对了,那两个字怎么说的?"

易蓉蓉恼了,恶声恶气地叫起来:

"滚,立刻滚。"

老公走了,上班去了,易蓉蓉迷迷糊糊还想睡,又感觉是让老公弄醒了,真醒了,要想再睡着也不容易。她忽然就联想到了盛戎,想到自己为什么要为盛戎的性别纠结,当时要知道盛戎是男是女,很容易,并不困难,直接验明一下正身就可以。她想到那天晚上两个人视频了那么长时间，盛戎在酒店大堂的女厕所，一本正经地说要让她检验，让她看一眼，让她确认性别，易蓉蓉被吓得够呛，其实真看上一眼，又能怎么样，看了也就看了，看了就能知道是怎么一回事，就不会为是男是女再纠结。

既然睡不着，肚子又有点儿饿，易蓉蓉便准备爬起来吃点儿东西再睡。餐桌上放着牛奶面包，都是现成的，老公已为她准备好，吃完了，困意又来了，便接着睡。这一睡，再次醒过来，已经是中午。手机的电早充满，易蓉蓉想肯定会有盛戎的微信，应该有，打开一看，微信倒是有好多条，恰恰没有盛戎的。她隐隐感到有那么点儿失望，有一点儿出乎意料。心想盛戎也许跟自己一样，昨天晚上没有睡好，深更半夜地还在与易蓉蓉发微信，因此，现在很可能还在补觉，年轻人睡觉，应该是很能睡的。

接下来三天，都没再收到盛戎的微信。或许此前对方过于主动，易蓉蓉不只是出乎意料，不只是有点儿失望，而是很失落，很怅然若失。别有一番滋味在心头，断断续续地总是会想到盛戎这个人，想到盛戎那双泪汪汪的眼睛，想到盛戎与孔欣煜的关系，易蓉蓉知道自己不可能会主动与盛戎联系，也许自己与盛戎的故事，很可能到此为止，说结束就结束。此后又是一个多星期，仍然没有盛戎的信息，好像事情真的告一段落，就此翻篇儿。

没想到那天正给本科生上课，盛戎又给易蓉蓉发来微信。因为调在静音状态，当时也没敢看，下课了，有同学过来提问，易蓉蓉一边回答问题，一边很随意地看手机，只是扫了一眼，就看见盛戎的头像上有个红圈，已发了两条消息过来。回答完同学的提问，她开始阅读这两条微信，第一条微信是简单问候，下一条微信则是希望能够约个时间，然后再用微信聊聊天。易蓉蓉立刻用语音作答，告诉对方自己正在上课，不方便，晚上再说。

发出去便后悔了，没必要这么迫不及待，没必要这么快就做出回复。不过，回了也回了，并不是什么大不了的事。晚饭以后，老公开始看电视连续剧，电视剧很烂，老公却一直在追着看。易蓉蓉躲进书房，开始审阅研究生论文，心里还想着许诺的要与盛戎聊天，可是看论文，看着看着也忘了。研究生论文写得很差，真的是很差劲，口气很大，立论很宏伟，都是虎头蛇尾，最后也不知道自己要说什么。

电脑发出了声响，盛戎的微信又发过来了，问："易老师正在干什么，方便不方便聊天？"易蓉蓉立刻回答，说自己正在看研究生论文，同时抱怨了一句，说现在的研究生论文水平太低。她在电脑上打字极快，可以一边看论文，一边与人聊天。盛戎的微信开始一条接着一条发过来，来不及看。

"这些天太乱了，没时间跟易老师聊天。"

"孔欣煜知道我跟易老师聊过天，不是很高兴。"

"她有些生气。"

"她不愿意我跟你多说什么，有些事，她不想让别人知道，她不许我说。"

"我觉得天底下，没有什么不能说的事。天下可能只有不能干的事，譬如杀人放火，却没有不能说的事。况且杀人放火这种事也是有的，我觉得，有些事，我们既然做了，就可以说，易老师，你还在吗？还在看论文？能看到我的留言吗？"

易蓉蓉回复了一句，告诉对方自己能看到留言。

"能看到就好，我就继续说，还是觉得没什么不能说的事。为什么不能说，我就是要说，就要说。上次已经跟易老师说到了孔欣煜，我告诉你，我们的相识，真的是很'奇葩'，太'奇葩'了。她莫名其妙就这样出现了，就这样出现在我的生活中,然后呢,然后就又莫名其妙地改变了我。莫名其妙就是莫名其妙,真的,这个事情发生得太突然,我突然就被整个地改变了,突然变成了一个自己都不认识的人。"

易蓉蓉守株待兔,对方还在一条一条地发微信,源源不断地发着,盛戎的头像在不停地闪烁,有的微信很短,就一句话,有的很长,一发过来,就是一大段。

"孔欣煜对我说,我们过去很可能见过面,她说她经常去看陆良朋打排球,说我们很可能那时候,大家就见过面,一起看过打球。"

"我也在想,我们真有可能是见过面的。"

"不过陆良朋这个人,女朋友太多,经常换,老实说,我们当时也弄不明白,不明白谁谁谁。大家就算见过面,也不一定记得住。"

"而且,我也很少去看陆良朋打球。"

"应该是二年级的时候,去看他打过几次球,后来越来越少了。"

"越来越少。"

"我跟孔欣煜在一起后,问她,是不是还在惦记陆良朋,她承认,她说是的,还在。"

"对了易老师,我就这么跟你一条又一条的,你会不会不耐烦,不耐烦?"

"我不管,我就这么说下去。"

"我会一直说下去的。"

九

　　通过微信聊天，易蓉蓉对盛戎的了解，越来越多，越来越深入。盛戎的性别现在基本可以确定，为了让易蓉蓉相信，他已将自己的童年照片、身份证、高考的准考证，都用图片形式，发给易蓉蓉，让她核对验证。这些东西可以确凿无疑地证明，盛戎确实是个男性。事实就是，易蓉蓉见到的那个染着亚麻色长发的美女，那个躲在女厕所里跟自己视频的盛戎，只是一个装扮成女性的变态男。真是太不可思议了，盛戎告诉易蓉蓉，起码到目前为止，在还没做变性手术之前，在生理上，他还应当算是个男的。

　　易蓉蓉对盛戎这个人的认知，可以说是被彻底地颠覆了。女同的预设显然又是个错误，让易蓉蓉最想不明白的是：盛戎为什么会这样，为什么要男扮女装？他和孔欣煜之间，究竟又是什么样的关系？盛戎告诉易蓉蓉，自从第一天开始，他和孔欣煜就没真正地分开过。不能说他们没有缘分，不能说他们不是一见如故，从结识当天，就开始了同居生活，然后又相亲相爱、相依为命地一起过起日子。很快，孔欣煜痛下决心考研，认真复习备考，还真的就让她考上了。

孔欣煜属于那种很有才华的女子，记忆力超群，唐诗宋词张口就来。有点儿名气的古诗古文，倒背如流。读中学比较偏科，自恃又太高，结果高考没考好，只进了一个二本。为此很不甘心，很不开心，一直都有些自暴自弃。与盛戎同居后，为了一雪前耻，为了改变二本学历，孔欣煜参加了研究生考试，她的志向是北大和复旦这样的名校。真到了要填报志愿时，信心又明显不足，犹豫再三，就退而求其次，报考了现在读书的这所大学。也就是聘易蓉蓉当住校教授的那所学校，一所新成立的大学，地处沿海城市，校园非常优美。没想到一考真考上了，孔欣煜并不十分满意，毕竟还不是一流大学。

盛戎便追随着孔欣煜，一起来到美丽的沿海城市，享受温暖的海风。为了孔欣煜,他愿意走遍天涯,愿意放弃一切,愿意为她做任何事情。一时间,盛戎感觉很幸福,从未有过的那种幸福。他喜欢她,爱她,喜欢和爱这个城市。因为与孔欣煜在一起,盛戎告诉易蓉蓉,他开始尝试成为一个真正的男人。这种告白让孔欣煜觉得十分幼稚,也十分可笑,她好像根本不在乎他是不是男人。在两个人的交往中,孔欣煜更强势,更开放,更像一个男人。盛戎说他非常乐意听孔欣煜的话,凡事都愿意让她来做主,什么事都希望她说了算。孔欣煜曾经说过,人只要能够相爱,真正地相爱、想爱,性别一点儿也不重要。

有时候,盛戎和孔欣煜都觉得,如果性别这玩意儿,真要能颠倒过来的话,他们两人性别互相换一下,可能会非常的幸福。可惜盛戎是男人,这个事实无法改变,孔欣煜是女人,这个事实也不能改变。所有的矛盾焦点,好像都是这个,从一开始,孔欣煜再怎么像男人,还是一个女人,她的心里就是不肯放下陆良朋,她一直在惦记他,一直都在惦记。

通过一条又一条微信,盛戎开始向易蓉蓉抱怨,说孔欣煜口口声声,都说要忘了陆良朋,实际上呢,她从来也没有，从来没有。一说起这个陆良朋，孔欣煜就会立刻忘乎所以，就会立刻无所忌惮。女人永远都是女人，女人永远有女人的弱点，永远有女人的毛病。一说起陆良朋，孔欣煜好像从来都不在乎盛戎可能会有的感受，不在乎他可能会有的痛楚，而那种痛楚显而易见，易蓉蓉作为一个局外人，都能够从盛戎的诉说中明显地感觉得到。盛戎向她诉说这些烦恼的时候，几乎就是在呼天抢地地控诉：

"我不在乎他们和好，不在乎，如果陆良朋和孔欣煜真能够和好的话。"

"我们只是不应该这样相互折磨。"

"没必要这么浪费时间。"

"他们真的能够和好，我祝福他们！"

"这并不是一个简单的二选一问题，其实，我是真的想祝福他们。"

"我感到很痛苦，因为爱，所以很痛苦。"

"我突然意识到，爱就是一种痛，一种抹不去的伤痛，一道一直在流血的伤口。"

"因为痛，你才能真正感觉到爱。"

盛戎说着说着，便有些语无伦次。他告诉易蓉蓉，事实上，孔欣煜好像从来就不知道忠诚是怎么回事,在这方面，她和陆良朋如出一辙。或许她觉得对盛戎根本没有忠诚的义务，他们的关系太特殊,孔欣煜一直都在偷偷打听陆良朋的消息,只不过是没有得到他的消息。她向每一个可能知道陆良朋消息的人打听，千方百计想要找到他。虽然已和盛戎生活在一起，他们的关系并不像情侣,并不像是一对爱人，更像是一起生火做饭的临时合伙人。

"这话孔欣煜经常会说,她经常会这么说,动不动就会这么说,说我们就只是一对临时的合伙人。"

"她说我们的关系就这样,就是临时的。"

"她还说难道不是这样吗?"

"她说别以为睡在一张床上,我们这样那样了,就一定是什么情侣关系,我觉得我们更像是合伙人,说是合伙人更合适。"

易蓉蓉能感觉得到,盛戎似乎也承认,他并不太反对孔欣煜用"合伙人"这个形容。这两个人的同居关系,他们的生活状态,确实只是像合伙人,而且还是没有签订任何契约的合伙人。大家都有些被动,盛戎甚至承认自己就是陆良朋的替身,孔欣煜把他当作了陆良朋,他干脆也就真把自己当作了陆良朋。盛戎说自己有时候就像个演员,不得不客串扮演一下陆良朋。听上去很变态,真的是非常变态,易蓉蓉想想都觉得恶心,都觉得荒诞,怎么能这样,怎么可以这样。她无法想象盛戎和孔欣煜究竟是什么样的关系,真想象不出,盛戎在不断地发微信,一条紧接着一条,已经发过来了一大堆微信,多得让人都来不及消化。易蓉蓉按捺不住好奇心,回了一条微信过去,说:"让我最想不明白的是,你又为什么要男扮女装呢?"

"这个问题,最后肯定是要说的,我会回答这个问题。"

"易老师你不着急,你容我慢慢说。"

"会说的,易老师不着急。"

"我会把一切都告诉你。"

"毫无隐瞒。"

"先跟易老师说说我们一起去孔欣煜家这事,这个事必须要说,不说,我和孔欣煜的故事,就没办法往下说,没办法说。这个事说来话长,三言两语可能说不清楚。"

"我会慢慢地给易老师说这事,孔欣煜读研的第一年,快过年了,她突然说要回老家一趟,要去看看她爸。她爸跟她妈离婚了,她一直跟着她爸过。她妈也早就再婚,与她一直没有来往,孔欣煜她妈从来都不管孔欣煜。"

"孔欣煜说她就跟没妈一样。"

"她要去看望她爸,喊我一起去。"

"她要我跟她一起去看孔爸,孔欣煜她爸没有再结婚,不过他一直有女人,孔欣煜说他从来都不缺女人,说孔爸总是在跟不同的女人混。孔爸这几年身体不太好,平时也很少有联系,反正孔欣煜心血来潮,突然说要回家过年,要回去看一看她爸。她说她查看过飞机票的价格,很便宜,春节那天的机票,要比火车票便宜得多,如果买来回票更便宜,绝对是白菜价。"

"她要我陪她一起去,一起去看孔爸。又说孔爸这人在女儿教育上,比较保守,如果带个男孩子回家,肯定是没地方住。他接受不了自己女儿没结婚,就和男孩子睡一个房间。他接受不了,如果我装扮成一个女的,装扮成一个女孩子,就可以跟她住一个房间,就可以睡在她房间里,她爸绝对不会想到我不是女的,他绝对不会想到。"

"糊里糊涂地我就答应了。"

"竟然!"

"我答应了!"

"她为我买了一个假发套,我头发本来就长,我们在柜台上试了又试,戴了还就跟真的一样。回到住的地方,她又为我化妆,这种游戏我们平时就玩过,她喜欢为我化妆,喜欢把我打扮成一个女孩子,说我长得比女孩子还像女孩子,说我真扔在女孩子堆里,也一定是个漂亮的女孩子。"

"易老师你还在听吗???"

这时候,易蓉蓉一边看盛戎的微信,一条接一条看,一边看学生论文,学生的论文太糟糕,很难看进去。前面几条微信还没看完,她已经看到了这最后一条,看到了那三个问号,立刻回一条微信过去,说自己一直在看他的微信,正在看,于是盛戎的微信,又排山倒海地发了过来。

"我怕易老师会不耐烦,反正我们就真的去了孔欣煜家,去了她的老家,孔爸呢,也真没想到我是个男的,真没想到。"

"他可能根本就没往那方面想。"

"她家是县城,房子也不大,孔欣煜的房间很小,就一张小床。"

"我们其实也就只待了三天多。"

"这三天里,很多时间都是在那个小房间里耗着。孔爸家有网络,没有 Wi-Fi。"

"我们也试着玩游戏,孔爸家的电脑太老了,老掉牙了,玩不起来。"

"我们就在网上找美剧看,在笔记本电脑上看。"

"可以说,整整看了两天美剧。孔爸给我们做吃的,他烧的菜很好吃,孔爸的那个女人来了半天,这是个新人,孔欣煜也没见过她。大家都很客气,都没什么话说,也用不着说什么。"

"我们看了两天美剧,然后就接到了那个电话,电话铃突然就响了,我是说孔爸家的那个座机,突然响了起来。孔爸在厨房里忙,他在为我们做菜,孔欣煜想肯定是找她爸的,孔爸老是不接听,她就跑出去,到客厅里去帮她爸接听电话。"

"当时的美剧剧情也正是最紧张的时候,孔欣煜一边去接电话,一边喊着讨厌,说为什么要在这个关键时候来电话呀。我问她要不要按暂停,她说不要,不要,说马上就回来,接了电话马上就回来。"

"说马上回来。"

"但是,但是并没有马上,根本就不是什么马上,她这一出去,半天没有回来。我不得不按住暂停,等她。"

"等她。"

"她没有马上回来,我就一直按住暂停,在房间里等。一直在等。她一直不来,一直不来。"

十

　　盛戎意识到一定是出了什么问题，孔欣煜一直不回来，外面好像也没有什么声音，他不得不出去找她，看看她在干什么。孔欣煜抱着电话，木木地站在那儿，不说话，看到盛戎开门出来，立刻把头扭了过去，背对着盛戎。孔爸还在厨房里忙，炉火正旺，还在那儿做菜，盛戎轻手轻脚地走过去，走到孔欣煜身后，拍了拍她的肩膀，压低了嗓子，问是谁的电话。孔欣煜回过头来，对他做了个噤声手势，让他别说话。

　　这时候，孔爸端着一盆菜出来，说："可以吃饭了，饭菜都做好了。"孔欣煜也对他做手势，让他噤声。孔爸觉得奇怪，自言自语了一句，说："是谁的电话，怎么还会有电话找你？"孔欣煜急了，对孔爸使劲挥手，让他别出声，同时又对着电话解释了一句,说:"刚刚是我爸,他在问是谁的电话。"然后又说:"一会儿我给你打过去吧,现在我们要吃饭了,我找个笔,记一下你的电话号码。"说着,对盛戎示意,让他赶紧找笔和纸。盛戎手忙脚乱,找了一圈也没找到。孔爸说这家里一时间,还真找不到什么纸和笔,现在没人再用这些玩意儿。

孔欣煜便对盛戎下命令,说:"赶快去拿手机,我来报号码,你输在手机上。"盛戎奔回小房间,拿着自己的手机冲出来,孔欣煜大声地报号码,盛戎便记录在微信上,立刻将记下的号码转给她。孔欣煜还不放心,一把拿过盛戎的手机,又跟对方核对了一遍,然后才把电话挂了。

"这谁呀?"盛戎和孔爸几乎同时发问。

孔欣煜根本不想回答这个问题,她的表情有些木然,回房间拿了自己手机,先看那个号码有没有通过盛戎微信转过来。吃饭的时候,孔欣煜有点儿心不在焉,谁跟她说话都是爱理不理,时不时地盯着手机看。她按着刚刚那个号码发了一条消息出去,发了以后,就一直在查看有没有消息回过来。她现在根本不想搭理一起吃饭的盛戎和孔爸,结果挺好的一顿饭,孔爸做了几个拿手菜,吃得十分沉闷,大家都不说话。

"这是怎么啦，闺女？谁的电话让你这么不开心？"

孔爸憋不住，还是问了一句。

"我不想说，我现在不想说，行不行？"

"行，不说不说。"

吃完饭，回到自己的小房间，盛戎还在犹豫，要不要问，该不该问，没想到孔欣煜态度突然改变了，她竟然会主动问他，让他猜是谁的电话。盛戎说他怎么知道，而且他也不敢问。孔欣煜笑了，笑得十分灿烂，说："我现在就要你猜，你猜猜这是谁的电话？你应该能猜出来。"盛戎说："我猜不出来，干吗还要猜呢？你干脆告诉我不就行了。"孔欣煜说："我就要你猜，就要你猜。"看得出来，孔欣煜实际上并没有不高兴，恰恰相反，她还有点儿按捺不住的喜悦。盛戎仿佛也意识到了什么，显然是出了点儿幺蛾子，他感觉到很可能是谁给她打了电话，只是不想说，不愿意说出来。

结果就是孔欣煜主动说了，她告诉他：

"是陆良朋。"

果然没有出乎盛戎的预料，果然是陆良朋。

孔欣煜说："真的是陆良朋！"

孔欣煜说："真的是这个王八蛋！"

盛戎早就习惯了孔欣煜对陆良朋的咒骂，现在感到好奇的，只是为什么他会在这个时间节点突然出现，而且打的还是孔欣煜家的座机。为什么不直接打她的手机呢？为此孔欣煜帮陆良朋做了解释，原来他早就换了新手机，旧手机号码都没了，可能是误删，也可能是有意删了，反正没有再保留孔欣煜的电话。既然大家已分手，确实没必要再留着，对于这一点，孔欣煜充分理解，她也是在生气的时候，将陆良朋的信息都删了，能删除的就删除，能拉黑的便拉黑。
　　与陆良朋不一样，删除了，拉黑了，孔欣煜还是能记得他的手机号码，当然是旧手机号码。她曾无数次拨打过那个号码，一开始只是不接，只是"你所拨打的电话号码暂时无法接通"，后来就干脆是"你所拨打的电话号码是空号"。无论带着什么样的怨恨，她还是忘不了陆良朋，为了能恢复联系，为了让他想找自己时能找到她，运营商无论多么好的优惠，手机也换了几次，孔欣煜始终都没更换手机号。只可惜她的这番良苦用心，没有任何意义，刚开始是陆良朋不想和她联系，怕新的女朋友多心，后来想联系，早就忘了她的号码，忘得干干净净。事实上，他当年就没有记住，能记住的，无非是手机上的一个人名。

没想到他今年回家过年,闲着无聊,在一本旧杂志上,无意中又看到当初随手写的一个电话号码。当时也是在寒假里,也是各人在各家,那时候,孔欣煜与陆良朋刚确定恋爱关系,两人还处在甜蜜之中。孔欣煜用手机给陆良朋打电话,打着打着没电了,便告诉他自己家里还有一个座机,把座机号码告诉了对方,陆良朋呢,也就随手写在父亲新买的一本《小说月报》上。这刊物父亲一直没舍得扔,陆良朋今年回家过年,无意中又让他看到了,抱着试一试的心理,拨打了电话,没想到还真与孔欣煜通上了话。

陆良朋告诉孔欣煜,回家过年很无聊,真的是太无聊了。他说回到老家,回想起逝去的岁月,不仅觉得无聊,而且对自己充满了怨恨,觉得人生太失败。他告诉孔欣煜,自从跟她分手,又交过好几个女朋友,一个接着一个。事实上,跟孔欣煜打这通电话之前,陆良朋给那些分手的前女友都分别打过电话。他说这是在存心找骂,故意要让前女友骂骂,让她们好好地恶心恶心自己。陆良朋告诉孔欣煜,说心里最放不下的前女友,当然还是她,他现在最想听到的骂声,希望是能够来自孔欣煜的,陆良朋说他非常希望有个真正相爱过的女人来骂他。

孔欣煜让盛戎放心，她告诉他，自己绝不会再相信陆良朋的甜言蜜语。说她太知道这个王八蛋有多坏，太知道他那些屡试不爽的骗人小花招，她早已经被他伤透了心。伟大的哲学家赫拉克利特曾经说过，人不可能两次跌入同一条河，一个人不可能总是犯同样的错误，孔欣煜好像把一切都想明白了，都想清楚了，她冷笑着告诉盛戎，说："你知道陆良朋为什么要说刚跟前女友打过电话，为什么？他就是想让我嫉妒，他那点儿小伎俩，我还会不知道。"

　　孔欣煜说："其实天下最会嫉妒的人，就是他陆良朋，他想跟我玩这一招，根本就没用，我才不会上他的当呢。"

　　孔欣煜说："我一点儿都不嫉妒！"

　　孔欣煜告诉盛戎，她太了解陆良朋这个人，这个人生而为男人，却有着女人一样的小肚鸡肠，比女人心眼儿还小的小心眼儿。她说她直截了当地告诉他，告诉陆良朋，说自己已有了一位挺不错的新男友，现在真正要感到嫉妒、应该要嫉妒的，是他陆良朋。说她就是要让陆良朋难受，"他想让我骂他，呸，我还偏不骂他，就是要不让他称心，我就是要让他难受，只要他难受。跟我说他又交了一堆前女友，以为我会难受，会不痛快，跟我说这个没用，我一点儿都不难受，一点儿也不会不痛快。他结交多少前女友,跟我又有什么关系呢?一点儿关系都没有。他这次的如意算盘,肯定又打错了,我才不会上当,不会上当的。"

盛戎无话可说,他向来不是个话多的人。孔欣煜怎么说,他都是很认真地听着,只是认真在听,并不是真的相信。盛戎根本就不会相信,一点儿都不相信。孔欣煜这人永远自以为是,总是觉得自己对,她一会儿表现得很平静、很理智,一会儿又异常兴奋、手舞足蹈。说:"为什么陆良朋会希望有人骂他呢?因为他混得太失败,太失败了。他罪有应得,这绝对是个报应,陆良朋说他恨不得把所有的前女友都召集起来,浩浩荡荡地召集到一起,为他开一个声讨大会。"

盛戎有点儿不太相信,问了一句:"陆良朋真会给所有的前女友打电话?"

"他说他打了。"

"他说打了,你就真相信?"

"也不会完全相信。"

孔欣煜说自己都被陆良朋骗过太多次了,才不会完全相信他的鬼话。不过她说的这些话,一再表明的那个态度,不要说盛戎不相信,恐怕她自己也不太确信。结局明摆着,孔欣煜肯定会再次挨骗,会再次落入陆良朋的圈套。结局就是显而易见的,不用再怀疑。自从接了那个电话,孔欣煜的状态便有些问题,便不太正常,她说陆良朋很快又会打电话过来,每次客厅里传来铃声,她都会飞奔出去,可是每次都不是,都是找孔爸的。

陆良朋并没有再打电话过来,一直都没有电话,既不打手机,也不打座机。最后是孔欣煜憋不住,连续给他发了几条短消息,又把自己的微信号发给陆良朋。对方很冷淡,好像根本就没时间跟她敷衍。孔欣煜于是很生气,越想越气,躲在厕所里,直接给陆良朋打电话,问他为什么不打电话,为什么。陆良朋不冷不热地回了几句,说:"我没说要给你再打电话,大过年的,我不是已经问候过你了吗?再说了,你现在既然是挺好的,那就很好,我很高兴呀。"孔欣煜气鼓鼓地挂了电话,发誓再也不跟陆良朋联系。

很快到了要返回的日子,孔爸好像一直也没疑心,没想到女儿带回来的这个盛戎会是男的。孔爸的新女友过来串门,盯着盛戎看半天,盛戎让她看得挺不自然,女人眼睛才是毒辣的,也不知道她是不是看出了什么破绽。孔爸不会开车,也没车,恰巧这位新女友,又会开车,又有车,主动申请送他们去机场。从孔欣煜家所在的那个县城去机场，差不多有两个小时的路程，一路上，孔爸的新女友都在跟孔欣煜聊天，一直在说孔爸的故事。路上遇到了堵车，三辆车连环追尾，本来时间非常宽裕，弄得有点儿紧张。

时间当然还来得及，只是让盛戎有些尴尬，因为他当时还是男扮女装，两人急着赶飞机，竟然把这事给忘了。自助取了机票，排队过安检，两人也是只顾着说话，快到窗口才突然想起来，才突然想到盛戎的扮相。这时候，要想找个没人的地方，恢复盛戎的男子打扮，然后再重新排队，已经来不及，只能硬着头皮上前，在窗口试试运气。盛戎将身份证和机票一起递了过去，窗口的工作人员火眼金睛，眼睛立刻瞪得很大，说："怎么回事，你怎么是这个打扮？"

盛戎也不知道应该如何解释。

孔欣煜便冲了过去，为盛戎打圆场：

"不好意思，我这位朋友的妆是我化的，我们只是开了一个小小的玩笑，因为时间来不及了，我们没有来得及改过来，对不起。"

工作人员让孔欣煜立刻退到黄线后面，让盛戎自己做解释。孔欣煜只好往后退，退到黄色警戒线之外，她忍不住又喊了一声：

"不好意思，我们真的是没有别的意思。"

结果盛戎和孔欣煜被安检人员带走了，不由分说地带到一间空屋子里，仔细核对检查，电脑上核对了又核对，检查了又检查，然后又是非常认真地搜身，上上下下里里外外，摸了个遍，经过了严厉警告，最后才算是可以放行。这时候，登机已经结束了，他们被安检人员直接送上了飞机，飞机上的人早已等得不耐烦，盛戎和孔欣煜刚进入机舱，空姐便迫不及待地关上了舱门。

十一

陆良朋上大学时，在自己班上，并没有什么特别要好的同学。喜欢他的都是别的班的，都是那些对他没什么了解的人。他个子挺高，很帅气，又是校排球队的主力队员，女生很难不喜欢他这个类型。现如今，说起运动好的男生，女生们一致认为，打篮球的性格会更好一些，篮球有直接身体对抗，你来我往，很男人；而排球呢，中间隔着一张网，你打过来我打过去，看起来热闹，没有直接的身体接触，因此相比较而言，打排球的男生便可能会"娘"。

从相貌上看，打排球的男生连青春痘都要少一些，女生们背后议论，嘴上都说更喜欢打篮球的男生，更喜欢有男人味儿的男生，说归说，还是喜欢长得干净的男生，喜欢小白脸,喜欢小帅哥。她们很难抵抗陆良朋的追求,关于他,最能够招来仇恨和众怨的,就是把能泡的女生,基本上都泡了。这话究竟是自己吹嘘,还是别人乱说,无法考证,只是客观上提高了他的知名度。都知道他喜欢吹牛,也敢吹牛,反正男女之间的恩怨,从来都是宁可信其有,不可信其无。同学们一起聊天,男生有男生话题,女生有女生话题。说到陆良朋,女生起码在嘴上都是恨。男生是又恨又羡慕,无论嘴上还是心里,都是恨和羡慕。

在校期间,陆良朋与盛戎很少打交道,虽然是一个班的同学,两人并不熟悉,完全两路人,两条道上跑的车。陆良朋学习成绩差得惊人,考试不及格是经常,作弊是必须,最后能毕业也是绝对困难。除了打排球、打《魔兽》《DOTA》、泡妞,他这人实在乏善可陈。身上只有缺点,缺点之外,还是缺点。陆良朋的毕业论文,是孔欣煜在网上通过中间人找枪手帮他完成的,当时预付了定金,拿到枪手论文,陆良朋竟然打算赖掉后面的佣金,结果中间人大怒,威胁孔欣煜,如果不惩罚性地加倍付款,便要爆料,便要向陆良朋所在的学校检举揭发。

自从有了陆良朋的那次电话,盛戎开始感觉到孔欣煜正在变化,十分明显地变化。不再像过去那样活跃,不再动不动就说笑。她的神经质仿佛也在好转,盛戎记得那天上了飞机,孔欣煜开始一个劲儿地喊肚子疼,每次要来例假,她都会这样,会有很强烈的痛经反应。事实上,已经疼了半天,去机场的路上就一阵阵难受,上飞机后,安定下来,反应更加厉害。突然想到身边没有卫生巾,便关照盛戎,下飞机第一件事,就是赶快帮她去买。她完全是把盛戎当作自己的闺蜜,根本没想到他一个男人,去买这玩意儿合适不合适。

陆良朋没有再打电话过来,没有再给孔欣煜打电话。孔欣煜也没有再打电话过去,接下来,好像没发生过什么事儿一样,孔欣煜也从来不提陆良朋。差不多有半年时间,一切似乎都已过去,一切都开始变得平静,风平浪静,都变得很正常。有变化的反而是盛戎,自从男扮女装去见孔爸,他对自己成功地扮演女孩子,越来越有信心,越来越有兴趣。盛戎开始留长发、画眉毛、涂指甲,动不动就跟孔欣煜分析研究,怎么化妆更好看,怎么打扮更有女人味儿。

孔欣煜警告盛戎:"你现在真的很变态。"

孔欣煜说:"你现在越来越变态。"

盛戎也不太明白自己为什么会这样,知道这个变化不太好,不太妙,可是也很难控制这种欲望。有些事情真说不清楚,有时候,越是想说清楚,越不清楚。盛戎告诉孔欣煜,他小时候一直觉得自己可能是个女孩子,他母亲喜欢女儿,一直把他当女孩子养。这显然不是事实,作为独生子女的一代,他可能自小就没有太强的性别意识,但是小时候,盛戎并没有觉得自己是女孩,他从来没有觉得自己是个女孩。

故事总是被人讲出来的,盛戎开始跟孔欣煜编造故事,他说小时候,母亲带他去女子公共浴室洗澡,很漂亮的一个浴室,突然有一群赤身裸体的女子向他冲了过来,指责他一个男孩子,不应该跑到这地方来。盛戎说可能就是这个缘故,可能就是因为这一次经历,他被吓着了,被吓坏了,被吓得不知所措。可能正是从那个时候开始,他在潜意识里,就希望自己是个女孩子,如果是女孩子,他就和别人一样,就不会被指责。事实上,这个故事完全是编造的,它源于盛戎母亲的一段讲述,而她恰恰就是那群赤条条裸着身体指责小男孩的女人之一。

如果非要说出一些因果关系,盛戎确实在梦中遭遇过类似情景,这和他的第一次梦遗有关。冤不一定有头,债也不一定有主,非要说出一二三四,盛戎只能说自己不遇到孔欣煜，可能就不会有后来的变化。是孔欣煜帮他买了长发，是孔欣煜让他男扮女装，是孔欣煜为他涂脂抹粉，归根结底一句话，孔欣煜改变了他，他已经被她改变。孔欣煜的最初愿望就有些莫名其妙，她希望他们之间只是一种闺蜜关系，于是天遂人愿，真的发展成了好闺蜜。

　　孔欣煜带着男扮女装的盛戎逛大街，带着他去打耳洞、做美容。一开始完全是为了好玩，到后来，到后来就是真的好玩。习惯成了自然，越玩越"嗨"，越玩越开心，整日沉浸在一种别样的两人世界里。所有这一切，都只是在陆良朋的突然出现之后，才再一次地发生了改变。这一次改变很戏剧化，大家都没有预料到，没有想到接下来会那样发展。

　　陆良朋的突然出现，就和那天突如其来的电话一样，并没有一点点预兆，说来就来。战斗说打响就打响了，他突然出现在盛戎和孔欣煜所居住的城市，刚开始还很平静，陆良朋找了家小旅馆住下，悄悄地给孔欣煜打电话，约她在当地的一家肯德基见面。于是这两个人就偷偷地见了面，瞒着盛戎，一开始也没什么，大家好像都很理智。孔欣煜尤其冷静，陆良朋试探地问她，说："你男朋友是干什么的？他如果知道我们见面，会怎么样？"

孔欣煜说:"他会打得你鼻青脸肿。"

陆良朋说:"那好,就让他把我打得鼻青脸肿好了,我不就是来讨打吗?"

"我男朋友正好没地方施展拳脚……"

"他干什么的?"

"放高利贷的。"

"你怎么会找了个放高利贷的?"

"我需要有个能保护我的人,不行吗?放高利贷的又怎么了?我告诉你陆良朋,千万别小瞧了贩夫走卒之徒,千万别小瞧了引车卖浆之流,我看他们一点儿也不比你差劲。"

陆良朋开始无语,不吭声,他自恃体育好、喜欢运动,又长得人高马大,常常不把别的男人放眼里。孔欣煜这一番话,让他开始感觉到了危险,不是完全相信,又不能不相信。他知道孔欣煜这个人喜欢走极端,不要说结交了一个放高利贷的,就是傍上一个黑社会老大,也完全可能。孔欣煜属于那种不怕事的女孩,当年他们在一起交往,有很多麻烦事,最后都是她出面才摆平。

眼见陆良朋被自己吓住了,孔欣煜有些得意,又忍不住失望。她担心他真被吓尿了,吓尿了,弄得什么都不敢说,什么都不敢做。孔欣煜知道陆良朋这个人是不折不扣的渣男，她太熟悉他的品性，一向都是欺软怕硬，标准的银样镴枪头。今天这个场面，眼下的这一幕戏，孔欣煜在心中盼了许久，她一直在等待，一直在期待，好不容易才实现，好不容易才梦想成真，千万不能因为她开的一个小小玩笑，弄假成真，最后把他给吓跑了。

接下来的故事不太复杂，没事没事，终于开始有事，盛戎发现孔欣煜失踪了，突然人就没了影子，突然就没有了她的任何消息。打电话不接，发微信不回，最后索性连手机都关掉了。自从与她结识，还没有真正分开过，发生这样的状况，这还是第一次。真是匪夷所思，盛戎开始为孔欣煜的安危担心，不知道是不是应该报警，毕竟他们所在的这个城市，治安并不是特别好。

"如果再没有你的消息，我可就要报警了。"

盛戎又发微信，又发短消息，说如果再没有回音，就打算报警，真的要报警了。他说他是真的着急，真着急，越想越怕，越怕越急。就在这时候，孔欣煜回了微信，说："你报什么警，有毛病是不是？我挺好，没事，没事，无非就是想一个人安静几天。"口气似乎很不耐烦，有一点儿不高兴，盛戎不知道她为什么不高兴，为什么不耐烦，想自己好像也没有得罪过她，干吗要不高兴呢，干吗要一个人安静几天？因为想不明白，他立刻又拨打她的手机，这次通了，对方只撂过来一句话：

"烦不烦呀，跟你说了，我想一个人安静几天。"

接着，又补了一句：

"我没事。"

孔欣煜虽然说她没事，盛戎心里还是放不下。她的电话一直处于关机状态，这个肯定不太正常。三天以后，盛戎接到一条孔欣煜的微信，说要跟他长谈一次，把有些话说说清楚。微信有点儿没头没脑，盛戎打电话过去，还是关机。盛戎完全没有头绪，摸不着头脑，不知道她这是玩的什么花样。只好继续等待，等孔欣煜的电话。直到过了一个星期，才又一次收到她的微信：

"现在方便说话吗？"

盛戎看见微信，立刻回复：

"方便。"

于是电话打过来了，孔欣煜开口第一句就是：

"不好意思，这些天我和陆良朋在一起。"

盛戎没觉得太意外，想到过这种可能性，只是没想到果然如此。

接下来，孔欣煜告诉盛戎，此时此刻她是一个人，陆良朋并不在自己身边，有些话，现在说起来比较方便。说陆良朋已知道她和盛戎的关系，知道她和盛戎住在一起。孔欣煜嗓子有些沙哑，她说陆良朋很生气，因为他说没想到，自己的女友竟然被他一个同学给睡了，他的同学竟然把他女友给睡了。孔欣煜说陆良朋表示，一定要盛戎亲自给他道歉，并且发誓以后再也不跟孔欣煜往来。陆良朋说盛戎必须当面道歉，当面说对不起，当面赌咒发誓，要发毒誓。

孔欣煜说很可能大家必须要见个面，把话说说清楚，真要见面，盛戎必须还要先答应几个条件，答应了她的条件才能见面。孔欣煜的条件不仅苛刻，而且荒唐，她要盛戎承认自己是个同性恋，因为她已跟陆良朋说了，说盛戎是个 gay（同性恋），她很抱歉，说她知道自己不应该这么说，这么说对他可能是种伤害，可是她已经说了，说了就很难再改口。说她告诉陆良朋，她和盛戎之间的关系，只是闺蜜，只是非常好非常亲密的闺蜜。孔欣煜解释说，她当初不过是随口这么一说，只是头脑发热，为了好玩，为了哄他，没想到陆良朋当真了。

盛戎的脑子有些乱，有些混乱，非常的混乱，前几秒还是这样，很快又是那样。他并不害怕跟陆良朋见面，天要下雨娘要嫁人，有些事是躲不了的，也用不着躲，见面就见面吧，又能怎么样。只是想不太明白，不知道自己应该以什么样的身份，以什么样的打扮，与陆良朋面对面。只是觉得有刀子在胸口狠狠地捅了一下，知道会很疼痛，可是暂时还没觉得，麻木了，感觉不到。

盛戎一直在听孔欣煜说，终于捞着机会可以说话：

"你到底要我干什么呢？"

孔欣煜说：

"我也不太知道，我不知道。"

话说到这儿，说不下去，都卡壳了，就僵持在那里，没办法再往下说。双方都不知道该怎么往下继续，好像怎么说也不合适。过了一会儿，孔欣煜说："盛戎你听明白了吗？"盛戎想了想，回答说听明白了，然后立刻又改口，说他还不是太明白。现在只知道陆良朋来了，只知道陆良朋很生气，只知道孔欣煜和他在一起已经好几天了，只知道她希望他说自己与她只是闺蜜。孔欣煜说："对呀，我就是这个意思。"

盛戎反问了一句："就这个意思，这个意思有意思吗，你觉得很有意思是不是？"盛戎说："你是不是觉得别人都是棋子，在你眼睛里，别人就是棋子，我就是枚棋子，你想怎么摆，你想怎么放，都可以，是不是这样？"孔欣煜被问得哑口无言，说："其实我也不完全是这个意思。"

盛戎说："那是什么意思？"

"我的意思是……"

孔欣煜还真说不清楚究竟是什么意思，许多事大家都还没想明白，也想不太明白。孔欣煜说："我也知道自己不对，我确实做得不对，我确实做得不好，我不应该这样。"她说："我知道你会很生气，知道你会不高兴。可是我也不知道事应该怎么处理，你说我应该怎么办呢？也许怎么处理都不对，都不应该，都是错的。我跟陆良朋说了，我说你走吧，永远不要再来，永远不要，可是他不肯，他不肯就这么离去。陆良朋说他一定要见你一面，他还说非要让你当面道歉，你知道，他就是这么个不讲理的人。"

盛戎阴沉着脸，一句一顿地说：

"孔欣煜你想想，我会道歉吗？我能道歉吗？我凭什么？"

"我也是这么跟他说的,"孔欣煜叹了一口气,满是歉意地说,"我就是这么跟他说的,我说人家盛戎为什么要跟你道歉,为什么?"

十二

　　盛戎收拾好行李，做好了离开的打算。一个行李箱就放在门口，里面装着自己的全部家当，必须要带走的东西。这箱子还是孔欣煜考上研究生后买的，当时盛戎很兴奋，决定勇敢地追随孔欣煜，跟她一起奔赴那个面朝大海的城市，开始一种全新生活。对盛戎来说，这种开始非常刺激，非常有意义。现在，又被迫选择了离开，盛戎在电话里告诉孔欣煜，自己可以选择离开，自己可以放弃眼下的生活，但是绝不可能向陆良朋道歉。盛戎不是要强的人，但是，在这一点上，不可能有所让步。

　　孔欣煜带着哭腔，说："你用不着道歉了，你根本不用道歉，只要在他面前发誓，再也不和我联系就行。陆良朋现在已经让步,他不会再强迫你道歉,不会再有什么过分的要求,你只要跟他说以后不会再跟我见面。"盛戎说:"我可以对你发誓,我可以对你这么说,要我跟他这么说,这做不到,我做不到,他也休想得逞,休想。"

三个人最后还是见了面,盛戎本来只想电话里说一声,然后不辞而别,盛戎不想看到陆良朋,不想再见他。正犹豫着,孔欣煜竟然把陆良朋带回来了,这时候,想躲也躲不开。盛戎并不害怕见到他,只是不想再看到陆良朋的嘴脸,只是觉得两人这么突然见面,会非常尴尬,非常没意思。这一天,为了离家出走,盛戎故意让自己的打扮显得很中性、很平常,让别人一眼看上去,觉得这人是男的也可以,是女的也可以。

果然陆良朋见了盛戎,第一句话就是:

"喂,我说你他妈究竟是男的,还是女的?"

盛戎气鼓鼓地还了一句:

"你管我是男的还是女的!"

陆良朋笑了,不冷不热地说:"我也就是随便一问,你不说就拉倒,我就不应该问的。"

盛戎说:"别跟我说这个那个,我也不想跟你说这个那个,我都懒得理你,懒得理睬你这样的人。"陆良朋说:

"你以为我想理你,我想理睬你这样的人?"盛戎不愿意拌嘴,说:"你只要问问孔欣煜,她到底愿意跟谁,她到底想选择谁。她如果决定要跟你,她要是选择你,我立马就走,二话不说,立马走人,再也不会回来。她要是想跟我,如果她要选择我,那么废话少说,你滚蛋,立刻滚蛋,你也不用再回来了。"

陆良朋说:"这叫什么事,搞得跟真的一样,就我们俩,争一个女人,争一个孔欣煜,你也配?"

盛戎说:"我不配,你更不配。"

陆良朋说:"这话应该由我来说,是,我不配,可是你更不配。你才不配呢,老同学你知道吧,是你不配,你根本就配不上她。你说说看,你凭什么喜欢她,凭什么喜欢她孔欣煜,你他妈的是真不配!"

孔欣煜在一旁一直不说话,她的表情有些凝重,很痛苦,好像是十分不愿让盛戎就这么离开。盛戎让她做选择,她觉得自己没办法做选择,她没办法当着他们两个人的面做决定。决定其实已经有了,选择其实也已经选择好了,肯定会有一个人要走开,这个人是谁,究竟谁应该离开,明人不说暗话,响鼓不用重锤,答案早就有了,大家心里都明白,都已经明白了。

　　盛戎不想跟陆良朋多说，跟他纠缠毫无意义，纯粹浪费唾沫，可是忍不住你来我往，还是拌了好几句嘴。孔欣煜听不下去，说："我们能不能好好地说话？大家能不能像朋友一样，像好朋友那样，心平气和地说话？"陆良朋带着讽刺说了一句："这个我还真的很难做到，你让我跟这么一个不男不女的东西，怎么去做朋友，怎么好好说话？"孔欣煜便把声音提高了，有些生气地指责，说："陆良朋你文明一些好不好，别把话说得这么难听好不好？别得寸进尺，你也不想想，你自己又是什么东西，你再这么说话，我真会跟你急的，我们不是说好了吗，要好好说话，你不能这样。"

　　陆良朋说："好吧，就算是我不对，都是我不对，我说的都不是他妈的人话。看在大家是同学的面上，盛戎你呢，也不用跟我计较了，大人不计小人过，不用跟我生什么气，我这人就这样，就这么差劲，就是个人渣，谁都知道的，谁跟我生气，都不值得。"

　　孔欣煜补充了一句："确实不值得。"

　　孔欣煜十分诚恳地说："盛戎我知道你要走，你真要走，我不拦你，也拦不住你。我知道你对我好，和陆良朋这个狗东西相比，你才是真的对我好，你才是真爱我，真的，我这是在跟你说真话。你为人绝对比他好，好太多了。现在，既然大家不得不分开，不得不告别，为什么我们不能先找个小馆子，先吃一顿，喝一次告别酒，或者大家干脆去吃一次火锅算了。"

陆良朋觉得这个主意不错，非常不错，因为他还真是觉得肚子有点儿饿。俗话说了，天下的事，没有一顿饭不能解决的。人是铁饭是钢，说一千道一万，这饭总归还是要吃，下馆子、吃火锅、叫外卖，都可以。陆良朋说："我这人只要有的吃，也不讲究，都行，都可以，反正最后不管是谁离开，孔欣煜这个主意都挺好，我们先吃饱了饭再说，我举双手赞成，大家没必要饿着肚子说话。"

最后还真就叫了外卖，是火锅，是最新流行的韩国部队火锅，用盛戎的手机刷的支付宝。很快大包小包地送过来了，有特制的韩国辣酱、番茄酱、方便面、南瓜片和莴笋片、鱼豆腐、冻豆腐、蒿子秆儿、油豆皮、千叶豆腐、西葫芦和黄豆芽、一大包鲜虾和肥牛、鹌鹑蛋、甜不辣、金针菇和平菇、火腿肠，当然，还有加了量的辣白菜。柜子里拿出电火锅，插上电源，不一会儿就可以开吃，这之前，孔欣煜大约也跟陆良朋介绍过，她和盛戎已吃过好几次，感觉很不错，既方便，又经济实惠。

　　从头到尾，陆良朋一直都在吃，一直在喊"好吃"。孔欣煜也吃得挺香，看得出，这两个人都有些饿，胃口好极了。当然更可能是故意装作不在乎，装作无所谓，以此来掩饰他们内心的不安。盛戎基本上没吃，手上也拿了一双筷子，看陆良朋吃，看孔欣煜吃，完全像个局外人，觉得自己现在很像搁在门口的那个行李箱，脚上已经安装好了轮子，随时随地会被人推走。吃到差不多的时候，盛戎将手中的筷子往桌上一放，对孔欣煜说自己要走了，希望她好自为之，希望他们能过得幸福。

　　孔欣煜举着筷子冲了过来，她呼喊着就冲了过来，抱住了盛戎，先在盛戎耳朵根儿上吻了一下，又吻了一下，然后就沿着腮帮子，一路亲吻过去，最后咬住了对方的下嘴唇，轻轻地抿着。盛戎闻到了一股火腿肠的味道，味儿很大很强烈。

　　孔欣煜的手上还抓着筷子，她说："我不想你走，真不想你走。"

　　盛戎说："我也不想走，可我不能不走。"

"不走,不要走。"

孔欣煜终于把手中的筷子扔了,她紧紧抱住盛戎,非常亲密地和他抱在一起。两个人都依依不舍,孔欣煜抱着盛戎的脑袋痛哭起来,哭得十分伤心,越哭越伤心。先哭的是孔欣煜,她泪如雨下,一边哭,一边喃喃自语,喊着"对不起,对不起,真的对不起"。盛戎受她影响,也开始有点忍儿不住,眼泪哗啦啦就流了下来。

那凄惨的场景,让一旁的陆良朋也觉得有些看不下去,太伤感了,他叹了一口气,说:

"喂,能不能别这样?"

陆良朋说:"你们这是在给我演什么呢?到此为止了行不行,告一段落行不行?也考虑考虑我的感受。"他酸溜溜地看着孔欣煜和盛戎,说:"你们这样,让我觉得自己好像又错了,又他妈的错了,感觉我老是在犯错,一次次地犯错误,很罪过不是吗?"孔欣煜气鼓鼓地说:"你本来就错了,你当然错了,你一直都是错的。"陆良朋听了,苦笑着摇摇头,无话可说,怔了一下,说:"既然是这样,你们都这样了,干脆还是我走好了,让我离开就是了,我也可以走的。"孔欣煜说:"不要得了便宜还卖乖,你真要走,我不拦你，你滚好了，你可以滚，别以为别人离不开你。"

盛戎在他们的拌嘴声中离开了，不想再听这两个人的争吵，十分平静地离开了。行李箱在门口，盛戎走过去，拉着它就向外走去，说走就走，没有一点儿犹豫，没有一点儿拖延耽搁。孔欣煜和陆良朋仿佛唱双簧似的，还在你一句我一句，盛戎不在意他们在说什么，说什么已不重要。他坚定不移地走了，一去不回头，一去不返。事实上，盛戎还没想好自己要去哪里，然而这个也已经不再重要，现在什么都不重要，都无关紧要，盛戎义无反顾，盛戎勇往直前，反正就是昂着头往前走，走得越远越好。

天正在变色，阴沉沉的，一场大暴雨即将来临。这个海边城市经常会下雨，盛戎没带伞，行李箱里也没有伞，忘了拿。走着走着，眼看着雨就要下来，如果不赶快找个可以避雨的地方，肯定会被淋成落汤鸡。说时迟那时快，开始有雨点了，雨点很大，来势极其凶猛，前方不远处正好有个不小的可以避雨的公交车站，盛戎连忙拉着箱子跑过去，还没来得及赶到，还差那么几步，雨哗啦啦下来了，打在公交车站的玻璃顶棚上，噼里啪啦乱响。

幸好在公交车站躲雨，雨再大，也淋不着。仍然没想好应该去哪儿，盛戎还在想，心里还在盘算。事实上，根本就没有什么地方可以去，盛戎追随孔欣煜来到这个城市，一直都是和她住在一起。除了租住的那个小屋，盛戎就没在别的地方待过，根本就不知道还有什么地方可以安置自己。过去的这些日子，盛戎的生存状态一直都与孔欣煜有关，一直都在围绕她设计，是孔欣煜改变了盛戎的生活方式，她改造了盛戎，也重新塑造了一个盛戎。在孔欣煜出现之前，盛戎的一切都是日常的、平庸的，没有任何波澜：上学，考试，再考试，升入初中高中，考上大学，找单位实习工作，所有这一切，好像都是早就注定，都是已经安排好的。

　　是孔欣煜改变了盛戎的生活轨道，她随心所欲的人生态度，她的不计后果，她的歇斯底里，她的一头金发，包括她那非常狂野的做爱方式，让盛戎这个循规蹈矩的年轻人，变得越来越出格，越来越不像话，越来越疯狂。是孔欣煜让盛戎变得不男不女，是孔欣煜让盛戎变成了现在的这个模样，这一切，恰恰又都是盛戎所不曾预料的，都是盛戎所希望的，都是盛戎所乐意的。盛戎非常愿意这样，无怨又无悔。盛戎其实很享受这些出格，毫无疑问，盛戎享受了这些不像话，盛戎享受了这些疯狂。

雨很大，非常的大，脸上全是雨水。事实上除了雨水，更多的应该是泪水。盛戎发觉自己不知不觉中，流淌了很多眼泪。公交车站顶棚是透明玻璃，暴雨如注，仰望天空，看着雨水哗哗直下，仿佛天也在伤心痛哭。一想到这个，盛戎索性毫无顾忌地放开来哭了。这时候，让眼泪尽情地流吧，反正别人也看不到。听母亲说，盛戎小时候就爱哭泣，一碰就哭，为此父亲很生气。为了让自己像个男子汉，为了让父亲满意，盛戎真的就很少再流眼泪，但是在内心深处，还是本能地想哭泣。人的心灵上都有扇窗户，盛戎拥有的是一扇爱好哭泣的窗户，平时总是在掩饰，在掩饰这种内心深处不断涌动的悲伤，而掩饰悲伤的最好方法，就是不要让眼泪流下来。

一辆公交车开了过来，很空的一辆车，车上几乎没有人。公交车停下来，等了一会儿，见等候者并没有上车的意思，又缓缓地开走了。看着公交车远去，盛戎有些后悔没上车，为什么不坐到车上去呢？不知道自己要去哪儿，也不知道公交车会驶向哪里，管它要去哪儿呢，反正现在没地方可去，反正是走投无路，爱去哪儿就去哪儿。此时此刻，盛戎很像水面上的一片浮萍，身不由己，随波逐流，结果下一趟公交车又一次开过来，他毫不犹豫地上去了。

接下来的一段日子，多少有点儿黑色。"黑色"这词是盛戎自己说的，过去的生活是灰色的，只有和孔欣煜在一起，日子才会变得五彩缤纷。易蓉蓉没想到她会成为盛戎最好的倾诉对象，没想到盛戎会以各种方式倾诉，抓住各种机会，一有机会便喋喋不休。不断地发微信，写电子邮件，把发在论坛上的匿名文章转给自己看。以下就是盛戎发表在论坛上的一些文字，标题是《我和G先生不得不说的故事》，盛戎特别注明，文字有加工，有虚构，别人可以当作真实的传记看，也可以把它当作网络小说。为了便于易蓉蓉阅读，盛戎将这些文字，按照论坛上的发布顺序编排，有选择地保留一些网友的跟帖，同时也删去很多没有意义的评论。

十三

我和 G 先生不得不说的故事
594649 点击　3360 回复

京东购来的小男孩 楼主
2017-04-27 16:53:51

　　我和他们两位的结局就这样，就这个样子。一时间我的心里真的很乱，不知道是舍不得她，还是他，还是他们两个。雨太大了，哗啦啦地还在下个不停，我身上已经被打湿，拖在身后的箱子也湿了，脸上都是泪水。无论我走出去多远，跟他们分手的情景都还历历在目。K 的倩影在我眼前无法抹去，仿佛我们还在拥抱中，同时，又有些怀念 L 的音容，我想起上大学时看 L 打排球，好多女生为了他叫嚣。他那么帅的男生，女孩子怎么会不喜欢他呢？我想，K 喜欢 L 不是没有道理的，她应该喜欢他，为什么不呢？郎才女貌，很正常的事情，我不应该嫉妒他们。

我应该为他们的复合感到高兴，为什么不高兴呢？可是，我好像高兴不起来。我感到很悲伤，当我离开他们的时候，真的很悲伤。真的舍不得——

> 引用 6 楼 @北大小巴 发表的：
> 你到底是舍不得谁呢？是这个女的 K，还是那个男的 L？

> 引用 48 楼 @mm--lonely 发表的：
> 你们究竟是什么关系呀？谁睡了谁？你睡她，睡他，还是她／他睡你？好乱。

我已经说了，是都有些舍不得。

至于是怎么个舍不得法,三言两语也说不清楚。我已经约好了要和 G 先生见面,今天这次见面,应该是很重要的,我要抓住这个机会。我们已经见过几次面了,为什么今天的这次见面会很重要,容我慢慢说,我还要做做准备。

我们约好在一家茶吧见面,我准时到达,可是 G 先生爽约了,他给我发来一条消息,说是一个小时以后才能到,非常抱歉。

他问我能不能等他,或者是另外约个时间。

 引用 7 楼 @mm--lonely 发表的:
打电话骂他

我反正已经到茶吧了,既然到了,反正也是没事,我决定等他。

回了一条消息,他立刻也回了,让我先要一壶自己喜欢的茶,他会尽快赶过来。

幸好带着电脑，要了一壶花茶，打开电脑，随便写点儿什么。对了，我应该先告诉大家，G 先生是个什么样的人，他长得帅不帅。

G 先生很帅的，中年成功男，是我的一个客户。我当时在一家文投公司上班，G 先生是做金属礼品盒的老板。他的公司属于那种家族企业，他本人有加拿大国籍，从小在香港长大，香港一九九七年回归前，全家移民加拿大。

自从我跟 K 来到这个海边城市，找工作一直不太顺利。主要是也没什么工作经历，我的文凭虽然还算过硬，但是在这里，好像也不是特别在乎你的学校出身，什么 985，什么 211，最后也就那么回事。虽然待的时间不长，已经换了好几家公司。

G 先生是我在上一家公司就接触过的。和 K 分手以后，她和我通过几次电话，问我过得好不好。她还是很关心我，我还能怎么说，当然是说很好。而事实当然又是很不好，一点儿都不好。我所在的那家文投公司经营状况相当糟糕，老板动不动就说让公司倒闭算了。因为业务的关系，我和 G 先生有了来往，接触了好几次，他知道我们公司的情况不好，有意让我去他们公司上班。

当然，我也从 G 先生的眼神里，看到一些别的意思。什么意思，也说不太好。他是个有家室的男人，有老婆，有孩子，然而他看人的目光，有时候有点儿不对头，他看起人来，有时候很专注，两只炯炯有神的眼睛，会一直盯着你看。

> 引用 5 楼 @南阳少主发表的：
> 楼主别绕弯子了，先说自己是不是 gay

> 引用 24 楼 @4A 级帅男发表的：
> 这双眼睛里看来是有故事，楼主加油

G 先生打了个电话过来，说大约还有二十分钟可以到。我说没关系呀，不着急，可以等他，我可以等。说老实话，我的心里其实有些忐忑，为什么呢？因为我想起曾经有过一次这样的等待，往事不堪回首，那一次等待的结果非常不好，可以说是非常糟糕。

那还是大学二年级的事，那时候，我们班上有好几位同学都在社会上做家教，当时都是通过学生会安排的，也算是勤工俭学吧。

我的雇主W是个小富婆，也不知道她是干什么的，好像是公务员，又有一点儿什么小生意。她说自己老公是个海员，经常要出国，出去一趟，就要很长时间才会回家。

我辅导的学生成绩很好，不明白为什么这样的孩子还要请家教。W说，现在的孩子都请家教，她不能让自己的孩子落后了，许诺如果小孩中考成绩理想的话，会重赏我。她说除了物质奖励，还可以有别的奖赏。

她没说别的奖赏是什么，但是我已经感觉到她说的是什么了。

对了，我必须要说一声，W也是一个很漂亮的女人。

> 引用 20 楼 @ 方应杰发表的：
>
> 怎么说着说着，冒出来一个 W？真是套路呀，快说，是不是和这位雇主有了一腿

W 说她老公长年不在家，不管是不是套路吧，反正我是真相信了。那种事情来得也很自然，听那些经常做家教的同学说，挣钱的办法很多，做家教最容易一举两得。什么叫一举两得，不解释了，反正应该说我觉得有点儿意外，又不能算太意外。很多事，大家想也能想到。

W 也是约在一家茶吧会面，让我一个人等了半天，等了好半天才来，来了，说了一会儿话，就带我去了一家小旅馆，那种可以开钟点房的小旅馆。

W 问我是不是第一次，她说："我能看出来，应该是第一次。我们女人第一次叫'开苞'，叫'破瓜'，男孩子第一次又叫什么？"

W 有一点儿狐臭，她还抹了很浓的香水，味儿太大了，

我感到有点儿窒息，喘不过气。

后来，后来她总是喊我过去拿学费，去她家拿学费。在付学费方面，她一直就是故意拖欠一两次。这样，她便可以用要付学费的借口，喊我过去。再后来，她便说她老公是个非常会嫉妒的男人，如果他知道了我们之间的事，他很可能会杀了我们俩，杀了她，或者杀了我。

开始是 W 叫我过去商量怎么应对她的老公。很快，她知道我在逃避，便威胁我，如果我不过去，她便要向她的老公坦白，要把我们的事情说出来。

她说她要破釜沉舟，她把她老公说得跟恶魔一样。

我真的是很烦恼，她让我感觉到自己无路可走，让我感觉到走投无路。我开始试着关手机，不看电脑，没想到她最后竟然找到我们学校来了——

不好意思，G 先生来了，他正在打我手机。

引用 20 楼 @ **方应杰** 发表的：
> 楼主在这关键时刻中断，不厚道

引用 27 楼 @ **游击健儿** 发表的：
> 这种好事上哪儿找，躲就不必了

引用 40 楼 @ **朵儿1973** 发表的：
> 感觉很真实，也曾为女儿找过这样的家教。老公从机关下派去做村干部，一个月回来一次。有次正好来大姨妈，老公回来，很不高兴，怪我没事先说一声，也怪他，问题是他也没事先通知呀。我们家那家教跟楼主不一样，一脸青春痘，个子不高，眼睛老盯着人家不该看的地方看，他喜欢穿那种半截运动中裤，到膝盖那种，那个部位经常凸起来，能感觉到已"那个"了，我觉得他是有意的，故意给我和我女儿看。我怕他会进一步做出什么过分的事，就把他辞了。

匿名用户 回复 @ **朵儿1973**：
> 干吗辞了，小鲜肉不尝个鲜

@ **朵儿1973** 回复 **匿名用户**：
> 不想让自己做出什么后悔的事

> @ 游击健儿回复 @ 朵儿1973:
> 哈哈,已经后悔了

G先生给我打了电话,说车已经停好了,他正在走过来。这时候,我坐的位置对着门口,一抬头,看见他正走进来,正在东张西望,就对他挥挥手。

一坐下来,G先生就问我想好了没有,是不是已经准备好了。他这是在问我,是不是已经做好了去他公司的准备。

我说准备好了。

我说我可能会让他失望。

他说不会的,他说我不会让他失望。

我知道G先生并不是看中我的业务能力,他感兴趣的是我这个人,他显然喜欢我。我不知道接下来会怎么样,实际上,我已经不在乎了,怎么样都行,跟K分开以后,我成了一叶浮萍，最后会漂到哪儿去，埋没或是沉沦，已经不太重要。我在电话里告诉K，我现在过得很好，她好像是真的相信，说你能好就好，你能好我就放心了。我也问她，她过得好不好，她也回答说很好，但是我相信她一定是过得不好，我能从她的声音中，听出她的不称心如意，我能觉察她不快乐，很不快乐，就跟我现在一样。

G先生注意到了我眼眶中的泪水，他问我这是怎么了，怎么回事，为什么要流眼泪。我没有回答，因为我不知道怎么回答。本来就有点儿伤心，有点儿不痛快，被他一问，更伤心了，更不痛快。他伸出手来，轻轻地为我擦泪，这一擦，我突然觉得忍不住，真的没办法再忍住，顿时泪如雨下。

我想起那次与K和L的分手，我独自离开，在那个公共汽车站，下着瓢泼大雨，车站顶篷是透明的，雨水哗哗地流着，我觉得玻璃上流淌的都是我的眼泪。人生有时候，能够痛痛快快地哭一场，也是挺不错的事情。

我因为忍不住，就又痛痛快快地哭起来。

毕竟这是在公共场所，G 先生有些尴尬，我也开始觉得很不好意思，必须赶快收住，不能在这里哭泣，不应该在这儿哭泣。

引用 45 楼 @ 社会闲散人士发表的：
> 怎么老不更新，已经好几天过去了

引用 47 楼 @ 小鱼儿发表的：
> 烂尾了，编不下去了

引用 55 楼 @ 我不是个坏女人发表的：
> 楼主加油！！！

引用 70 楼 @ 朵儿1973发表的：
> W 的故事怎么发展？等待中

又是一个多月没更新了，真快成为烂尾楼了。今天正好有空，再过来搬几块砖头。

先给大家做一个选择题,说是一场大灾难就要来临,有三个人正处于危险之中。这时候,一个男人恰巧驾车经过,他所面临的选择是:可以从三个人中带走一个人,被带走的这个人可以有生存的机会,也就是说,他只可以拯救其中一个人。这三个人中,一个是他最爱的女人,一个是对他有过救命之恩的朋友,还有一个是年纪很大又体弱多病的老人。现在的问题是:无论他选择谁,无论是带走哪一位,都意味着对另外两个人的背叛,他是选择背叛爱情,还是背叛友情?还是放弃那位老人?而老人最没有能力保护自己。

据说这是一家著名公司招聘高层管理人员时的选择题,很多人不知道怎么回答,怎么回答都有问题。我先不说出答案,答案以后再公布。

今天要跟大家说的是什么呢?是去 G 先生公司后的事,那天谈话之后,第二天我就去 G 先生的公司上班。公司人不多,效益好像还不错,大家对工资收入也还满意,毕竟现在很多企业的经济效益都非常不好。

在 G 先生公司上班差不多有十天吧，G 先生说他太太听说公司新进了员工，要请新员工吃饭。他说这话的时候，有些犹豫，怕我会拒绝。可是我没有犹豫，我一口就答应了，答应得太干脆，以至于 G 先生也感到有些意外，说："太好了，我这就跟我太太说，我这就跟她打电话。"

这个电话打得有点儿尴尬，好像他在说谎，在编造理由，既然是太太主动要请客，干吗还要电话汇报呢？

下班以后，G 先生开车载我去他家，一路上，大家好像无话可说，快到他家时，他说了一句："我太太也不是每一位新员工都请吃饭，待会儿到了我家，你千万不要说漏了嘴，不要说'听说你会宴请每一位新员工'，我只不过是随口一说的。"

G 太太是个很耐看的中年妇女，说她耐看，因为她的相貌虽然普通，细看起来，却很有女人味儿，个子不高不矮，皮肤不白不黑，不胖不瘦，说话带着一口广东腔。从头至尾，她都好像没有正眼看过我。

我不会跟你们仔细讲述那天晚上发生的事,不会把它说出来。一切都有点儿意想不到,是那么不可思议,但是,也很正常。天底下什么样的事都会有,都会发生,有些事不说大家也明白,如果不明白,说了也还是不明白。我答应了要去 G 先生家,就已经做好了一切准备,无论会怎么样,不管发生什么,我都准备坦然面对。

事后,G 先生夫妇很满意。

下面回复@朵儿1973:

> W 的故事也是我不想说的,她这人很过分,很疯狂。时间过去很久了,这是我最不愿意提起的一段往事。毕竟我那时候还是个二年级的大学生,一点儿社会经验都没有,当时根本不知道怎么应付她。

W 当时不是一个人找到我们学校来的,她还带着她的老公。她把她老公带来了,来了以后,也不多说什么,要求我跟他们走。我还是怕学校知道这事,便老老实实地跟他们走了。

跟他们一起去了一家小的快捷酒店,那男的说:"我们今天有话要谈。"他是练过拳击的,身体很壮实。进了房间以后,W就关照那个男的,就关照她的老公,说:"帮我好好地收拾他,你不能放过他,不能让他白睡了你的老婆,你的那个拳也不能白练。"

W说完就走了,临走,她狠狠地瞪了我一眼。

我记得W曾经说过,她老公是海员,经常出国,说他是个嫉妒狂,如果事情败露,会杀了我们。

我当时是真的害怕,W那恶狠狠的一眼,让我不寒而栗,让我寒毛直竖。房间里现在就只有我们两个人,那男的手臂上竟然还文了一个虎头,就像电影上混黑社会的马仔,他说:"那我们就练练吧,我是练拳的,我比你厉害,我不欺负你,这样,你先来,你打我三拳,我呢,还你一拳。"我不知道说什么好,就很丢脸地哭了,真的哭了,是吓哭了。他说:"你这细皮嫩肉的,真是不禁我打,就你这小身板儿,我都不知道我这拳头应该往哪儿抡。"

后来我才知道，他是那样的人。

当时我并不知道，我甚至都不了解什么是同性恋，根本就不懂，不知道什么是 gay，什么是同志，更不知道什么是攻，什么是受。我也没想到他后来也会喜欢我，也会很在乎我，没想到他会那么恨自己的老婆，他根本就不在乎 W，心目中根本就没有 W 的位置，他们的婚姻早就名存实亡。

我没想到我们之间会有那样的故事，如果说女人让他没什么感觉，那么 W 对于他来说，就纯粹是个摆设，是个幌子，就是内心深处的一份讨厌。

他说他第一眼就看上我了，就喜欢我了。他对我比他老婆对我更好，W 只是利用我，他是真心地喜欢我。

他看上去很粗暴，其实内心非常温柔。

我当时以为他只是气疯了，只是想羞辱我，想让我难堪，想让我难受。唉，这种事真是没办法说出口，我做梦也不会想到会那样，你不可能会想到，实在是太让人感到屈辱了，天底下不会再有比这更羞辱人的事，真的是让人太痛苦了，真的是很难堪，真的是很难受，太疼了，太疼，当时我连死的心都有了，我宁愿他狠狠地打我几拳。

今天先写到这儿，回头看了一下，前面跟大家说过的选择题，最佳答案还没有公布，现在把它说出来，最佳答案：把车钥匙交给对自己有恩的那位朋友，让他开车带老人离开，然后自己与心爱的女人留下，等待灾难降临，两人选择一起面对，生死与共，福祸同享。这才是人生最圆满的结局。我觉得这个答案才是最正确的，选择和自己心爱的人一起留下，不管这个人是男人还是女人，这才是人生真正的最圆满的最佳答案。

十四

很快,新学期已经到了,易蓉蓉又一次来到这个海边城市,来到孔欣煜所在的学校,履行自己的教学任务。由于此前一直都与盛戎有联系,因此,易蓉蓉入住学校当天,盛戎就迫不及待地赶过来看望。半年过去了,盛戎并没太多变化,还是女性打扮,还是亚麻色的头发。虽然在心目中,易蓉蓉将盛戎定位成一个有着易装癖的男性,可是一看到盛戎,看着盛戎的一举一动、一颦一笑,她仍然会产生疑惑,仍然不太相信,仍然怀疑盛戎所说的这一切都是编造的,都是胡说八道。

盛戎看上去完全像个女人,就应该是个女人。易蓉蓉在中文系读本科,古典文学的老先生讲解纳兰性德诗词,说这个清代诗人的诗词最大的特点,是全诗你不一定会记住,但是总会有那么一两句,让人永远难忘,譬如"兴亡满眼,旧时明月",譬如"人生若只如初见",又譬如"一片伤心画不成"。看到盛戎,易蓉蓉会情不自禁联想到纳兰性德的名句,想到中文系老先生说起这位诗人的表情,想起他当时怎么着重解释"泣尽风檐夜雨铃"的意境。

盛戎告诉易蓉蓉,说自己和G先生的故事,基本上都是真实的,可信度起码可以达到九成。盛戎告诉她,自己其实很快就离开了G先生的公司,离开的原因也很简单:G先生不想让别人知道他们之间的事情,这种事让别人知道了毕竟不好。G先生帮盛戎找了个拿干薪的工作,不用去上班,在家操作电脑就可以。这样,大家来往更方便,两人都觉得挺好,盛戎成了满足G先生特殊需要的人。反正你情我愿,双方都不吃亏,盛戎现在也很需要这份收入,为什么呢?因为这个钱可以用来贴补自己和孔欣煜的生活,接下来,即将生孩子的孔欣煜会越来越需要钱。

孔欣煜与陆良朋早已分手了,易蓉蓉上次在这个城市的时候,这两个人就已经断绝了关系。盛戎又一次地和孔欣煜生活在一起,事实上,自从盛戎与他们分开以后,孔欣煜和陆良朋的关系很快就变得不堪,变得越来越糟糕,越来越水火不容。不是冤家不聚头,孔欣煜和陆良朋总是没完没了地吵架,一次次上演分手的闹剧,分了合,合了分。有一段日子,盛戎经常会接到孔欣煜电话,让盛戎过去帮忙调解,处理矛盾。渐渐地,陆良朋对盛戎也没了敌意,他们之间竟然也能保持一种非常特殊的和谐关系。

盛戎告诉易蓉蓉,自己其实一点儿也不记恨陆良朋,从来都没有真正地恨过他。只要陆良朋愿意,只要孔欣煜愿意,只要大家愿意,只要大家不在乎,盛戎完全可以接受三个人生活在一起。为什么不能三个人一起生活呢?陆良朋曾经不无幽默地告诉盛戎,说:"我他妈实在是不好那一口,要不然,我干脆跟你一起过算了,你知道,你有时候比孔欣煜更有女人味儿,你真要是个女人就好了,我觉得我都有点儿喜欢你了,这个孔欣煜,我是真受不了她。"

陆良朋说:"是真的受不了!"

陆良朋又说:"我宁愿她能像你这样,脾气好一点儿,温柔一点儿,不要闹,不男不女也没关系。"

尽管从未见过陆良朋,但通过盛戎的描述,易蓉蓉对这个人,好像也已经很熟悉,他的形象总是在她脑海里飘过来飘过去。盛戎告诉易蓉蓉,虽然是陆良朋逃走了,事实上,真正忍受不了对方的,还是孔欣煜。陆良朋这种人,说白了,他就是一个被宠坏了的小男人。这种人最无能而且最无用,永远都处在人生不得意之中,永远都是牢骚满腹,永远都会觉得这个社会最对不起的那个人,无疑就是他。找不到一份正式的工作,或者说从来就没认真地找过一份工作。不是纨绔子弟出身,却有着一身纨绔子弟的坏毛病,少爷的脾气、公子哥儿的花销、穷汉的命,一方面挣不到什么钱,另一方面,又一直不拿钱当钱。

当天晚上,盛戎执意要为易蓉蓉接风,要一起去吃晚饭,说:"孔欣煜也会过来,我们就在学校食堂吃。"到了时间,孔欣煜真来了,挺着个大肚子,与上次见面相比,人明显胖了许多,头发也剪短了。一起去学校食堂,还有一段路要走,天正在黑下来,盛戎一路很细心地照应,生怕会有人迎面跑过来,无意中撞到孔欣煜。易蓉蓉看盛戎这么小心翼翼,问孔欣煜预产期是什么时候,盛戎急着代她回答了,说还有一个多月,很快就要生了。孔欣煜告诉易蓉蓉 B 超结果,是一个女孩,她说自己喜欢女孩,女孩好。

盛戎说:"对,我们喜欢女孩,不喜欢男孩。"

"做 B 超的时候,我问医生:'是男孩还是女孩?'"孔欣煜笑着做补充,"医生先是不肯说,我就说我喜欢女孩,我真的喜欢女孩,我希望是女孩,结果那个医生就脱口而出了,告诉我:'那好,你真想知道?恭喜你,确实是女孩。'"

孔欣煜到来之前,盛戎跟易蓉蓉提前打过招呼,让她千万不要提起陆良朋,因为孔欣煜最不愿意别人在她面前说到他。没想到孔欣煜自己接下来会主动提及,说:"我们就是喜欢女孩,男孩子有什么好的,长大了肯定会跟他那爹一样,成为一个坏坏的渣男。"她这么一说,易蓉蓉情不自禁地看了一眼盛戎,盛戎也正好在看她,结果就是两人都心照不宣地笑了。孔欣煜说:"你们笑什么?本来就是这样,陆良朋他就是个人渣,他这人就是一坨狗屎。"

促成陆良朋与孔欣煜分手的直接原因,是孔欣煜发现自己怀孕了,虽然一直都采取措施,还是出了意外。孔欣煜曾经流过一次产,这次去医院检查,医生建议留下孩子,并且暗示,年轻女性多次流产,很有可能会影响以后的生育。因此她突然很想要这个孩子,与陆良朋讨论,一言不合,两人便吵起来,嗓门便大了。越吵越厉害,越说越难听,说到临了,陆良朋强词夺理,说:"我们既然是避孕的,已采取了措施,为什么还会出现这样的问题?到底又是怎么一回事?这说明很可能会有问题。"

孔欣煜无话可说,气得不知道说什么好,便问他,说:"你觉得会是什么问题呢?"陆良朋气呼呼地来了一句,说:"有什么问题,这个就要问你了。"孔欣煜大怒,说:"陆良朋我明明白白地告诉你吧,孩子不是你的,是我跟别人的。"陆良朋连忙辩白,说:"我不是这个意思,这话是你说的,我可没有说。"孔欣煜说:"你确实是没有说,我只是替你把想说的话都说出来,我这是在帮你说呢,你要有种,就应该自己说出来。"这时候,陆良朋大约已产生了要逃离的念头,他突然住了口,不再跟孔欣煜斗嘴,随她说什么都不吭声。

接下来,孔欣煜以为是自己吵赢了,暗自还有点儿得意。她本来是个不打算结婚的人,不折不扣的新女性,最欣赏不婚主义,因为肚子里有了孩子,明知道陆良朋不可能是个合格的父亲,明知道他为人很差劲,很人渣,非常渣,现在却开始有些动摇了,心里就想:男人是不是做了父亲会不一样,会改正自己的臭毛病?不管怎么说,孔欣煜还在读书,研究生读书期间，是允许结婚的，一个女研究生如果是未婚妈妈，多少有点儿不合适。结婚有结婚的好处，起码生个孩子是名正言顺的。

没想到陆良朋说跑就真的跑了，逃之夭夭，突然无影无踪。他给盛戎发了一条很长的微信，在微信中，先老一套地又把自己痛骂了一顿，然后便是一本正经地"托孤"，希望盛戎能够帮他照顾孔欣煜肚子里的孩子。说着说着，话就不靠谱了，他说："我真希望这个孩子能是你的，当然，说不定也真是你的，天底下的事都是有可能的，为什么这个不可能呢？我知道自己这么想会很无聊，可是我陆良朋从来就是个无聊的人，无聊的人有些无聊的想法，这不是很正常吗？"陆良朋越说越来劲，越说越不像话，越说越无耻，为了让自己逃脱有个正当的理由，他不仅暗示孔欣煜与盛戎有可能，还怀疑她与自己的导师汪教授有一腿。

盛戎告诉易蓉蓉，自己当时将这条微信删除了，几乎是立刻就删除了。一个人在混账的时候，什么样的混账话，都有可能说出来。盛戎不想让孔欣煜看到这条微信，因为知道她看到会受不了。孔欣煜是那么爱陆良朋，那么死心塌地，一次次地原谅他，纵容他，无论他有多坏，多么让人不齿,孔欣煜最后还是忘不了他,还是会接受他。甚至连他的逃跑也可以理解,可以原谅,人生就是这样,越是伤害越是爱,越是爱越是伤害。

陆良朋最后能说出这样的话,会找出这样的理由和借口,实在是太疯狂,实在是太没有良心,实在是太没有理智。盛戎为孔欣煜的痴心和痴情感到无奈,也为陆良朋的所作所为,感到伤心,感到悲哀。这个可怜的家伙,为了逃避责任,竟然敢编造出这样的理由,竟然会下作到要找这样的借口。其实也不是真觉得陆良朋有多下作,盛戎与孔欣煜平时仿佛一对闺蜜,在背后一起议论陆良朋,经常会用到"下作"这个词,这个词也完全不是贬义。有的人坏,是天生的,陆良朋就是这样,他不这样下作,就不是陆良朋。

陆良朋逃走的前一天,恰逢孔欣煜生日,他让盛戎花钱准备了一个冰淇淋蛋糕,为她庆生,并且祝福她腹中的胎儿。地点选择在了海滩上,落日时分,一切都显得十分浪漫,有情有调,用手机播放"祝你生日快乐",点上了蜡烛,还一起在沙滩上跳舞,光着脚丫。陆良朋与孔欣煜跳,也和盛戎跳,在一起跳的时间最长的却是盛戎和孔欣煜,一边跳,陆良朋一边没心没肺地为两人录像。盛戎告诉易蓉蓉,自己和孔欣煜做梦也没想到，第二天陆良朋说消失就消失了。

易蓉蓉在给学生上课期间，孔欣煜的导师——那位汪教授，曾专门过来听了一次课。她感到有点儿意外，不明白他为什么会过来，为什么要关心她讲的课。传说这位汪教授可能要升任人文学院的院长，他的年龄看上去应该与易蓉蓉差不多，一本正经、道貌岸然，天气很热，仍然是西装革履。从头至尾，他都在偷偷地看手机，下课了，过来跟她讨论，好像很认真地听了课似的。易蓉蓉对这位汪教授没有丝毫好感，硬着头皮跟他握手，微笑着跟他敷衍。

事实上，即使盛戎没说过这位教授怎么骚扰孔欣煜，就算不知道任何具体细节，易蓉蓉也能够想象出他会是怎么样的一个人，也能够想象出孔欣煜会怎么反抗，会怎么对付他。现如今的大学，风气不似从前，"为人师表"者越发珍贵。近水楼台先得月，校园里自以为有机可乘的衣冠禽兽多得很，孔欣煜是中国古典文学的研究生，除了喜欢李白杜甫白居易，显然对女权主义的研究，更有心得，更有体会。她对如何防范性骚扰，怎么对付色狼更有一套。盛戎告诉易蓉蓉，孔欣煜很有心机，手上攥着汪的把柄，她和陆良朋已为他录了视频，而且还有证据确凿的微信截屏，如果他在学业上敢有所刁难，便鱼死网破，将他的丑闻公布于众。

又是很快，半个月已经过去，作为兼职教授，易蓉蓉在这个学校的课程，完成了一半。说好要请盛戎和孔欣煜吃一顿，孔欣煜倒也不太客气，说："我太想吃一顿烧烤了，易老师既然要请客，你就请我们吃烧烤吧。"易蓉蓉一口答应，说她带了游泳衣，来的时候特地买了一件，人都到了海边城市，总要到海里去游一次吧，总不能白来是不是。她说："哪天你们先陪我一起游泳，然后我们挑个地方吃烧烤，地方你们挑，挑个好点儿的馆子。"

结果那天去海边游泳，只有易蓉蓉一个人下了海，孔欣煜挺着大肚子不方便，盛戎当然也不方便。海水略有些凉，易蓉蓉游了一会儿，多数时间都是穿着泳衣在沙滩上看风景，看靓男和俊女，这个城市的风气显然比较开放，有人在打沙滩排球，一对男女就在离他们不远的地方亲吻，女的穿比基尼，男的光膀子、沙滩裤，光天化日之下，动作很大，尺度也有点儿过分，孔欣煜说她看见这两人的手都已不太老实。

盛戎提醒孔欣煜不要乱看，易蓉蓉便笑了，说看看又怎么了，有人都敢做了，干吗还不敢看。她的声音有点儿大，那边的两个人受到干扰，也侧过头来，往这边看。于是相互对看，盛戎还有些不好意思，看了一眼，目光就离开了，其他的几位好像都不太在乎，你要看我，我也看你，大家都不受影响。比基尼女郎突然一个翻身，索性骑坐在沙滩裤男身上，继续放肆地亲热。与比基尼女郎的泳衣相比，易蓉蓉的泳衣显得保守了一些，不过穿在身上仍然很好看。

易蓉蓉说："一个人游没意思，我也不想再下海了，水还真有些凉。"

"易老师的身材保持得不错，"孔欣煜摸了摸易蓉蓉的手臂，对盛戎说，"比我们年轻人还好，你看她的皮肤多光滑。"

孔欣煜不仅摸了易蓉蓉的手臂，还把手放在她裸露光滑的背上，继续抚摸，而且让盛戎也摸摸。盛戎便真的伸过手来，抚摸易蓉蓉的背，轻轻地抚摸着，非常的温柔，不说话，不停止，抚摸面积也越来越大，越来越肆无忌惮。易蓉蓉顿时感觉到了一种从未有过的体验，很舒适，很刺激，或许刚游过泳，刚从海水里上来，她觉得有点儿冷，而身体又似乎正在迅速地热起来，幽暗的火苗在燃烧。盛戎的手仿佛带有魔力，那是一种非常异样的感觉，干爽和湿润。易蓉蓉想到了盛戎纤细的手指，想到了盛戎光滑白皙的手臂，想到了盛戎那双动辄泪汪汪的眼睛；想到了《红楼梦》中的贾宝玉，想到了宝玉的一尘不染，也想到了宝玉与秦可卿的关系，与袭人的关系，与男孩子秦钟的关系。一时间，易蓉蓉想到了许多，想到了太多，她甚至想到前不久刚看过的一部外国电影《阿黛尔的生活》，说的是女同性恋的故事。

　　故事从来都是不重要的，或者干脆这么说吧，盛戎究竟是男是女也不重要。或许是怀孕的关系，孔欣煜不停地要去上厕所，盛戎每次都小心翼翼地陪她去，陪了三次，第四次不让陪了，说："我没问题的，没事，你用不着再陪，我也没有多少尿，只是有一点儿想尿，你就坐这儿陪易老师聊会儿天，你们可以趁这个机会，在背后说一会儿我的坏话，我这人很坏的，有很多毛病，你们尽管议论，尽管说。"

　　孔欣煜去上厕所了，趁着只有两个人，易蓉蓉按捺不住好奇心，问起盛戎今后的打算，盛戎说还能有什么打算，如果陆良朋回来，如果他会回来，他们不再需要盛戎，自己就离开，肯定会离开；如果他不回来，如果孔欣煜愿意，自己就心甘情愿地陪她一辈子。易蓉蓉注意到，盛戎说这番话的时候，并没有任何信心，眼睛已经红了，泪水又在眼眶里打转。盛戎说："易老师知道什么叫备胎吗？我就永远是个备胎。"

盛戎说:"我没有别的想法,就想实实在在地爱一个人,只爱一个人。"

易蓉蓉就问:"这个姓陆的会回来吗?"

盛戎回答说:"不知道。"

易蓉蓉说:"我觉得他不会,他不会再回来。"

盛戎想了一会儿,结论还是那句:

"不知道。"

2019 年 6 月 18 日 三汊河口

后记

这个小说去年六月就写好了,一直存在电脑里,不愿意拿出来。理由很简单,我的一部非虚构长篇作品《南京传》即将出版,出版后会面临一系列宣传。似水流年,我早已被深深打上了怀旧烙印,往事若只如初见,给人的印象,就是一个过气老作家,始终都是在撰写民国,都在描述颓废的南京,重现秦淮河边的妓女。

事实当然不是这样,绝对不是这么回事。我一直都在努力写不一样的东西,心里觉得很委屈,有苦说不出。写作者总是在追求不同寻常,我的想法很简单,从内容到形式,无论时间还是空间,都希望有所变化,能够有所不同。希望等到《南京传》的宣传过去,再让这部小说问世。现在瓜熟蒂落，它终于要与读者见面了，有必要再说几句。

经常唠唠叨叨地跟朋友解释，说自己想写一部向《威尼斯之死》致敬的作品。托马斯·曼是我曾经非常喜欢的作家，依稀还能记得读完《威尼斯之死》后的强烈震动。想不明白他那么优秀的作家，为什么会这么写，为什么会写这么一个看似简单的故事。说老实话，时至今日，我仍然在思考，还是没有想明白。

简单有时候就是单纯，就是纯粹。《爱好哭泣的窗户》其实也希望这样，无非是想有一点儿诗意，想写一个人如何执着地去付出自己的爱。对于他或她来说，目的很直白，要求极简单，就是要爱，能够全心全意地去爱一个人。人是多元的，爱什么人不重要，是男是女无所谓，别人爱不爱自己也可以忽略不计，重要的只是人性中这份爱，这份真挚感情，能有个实实在在的着落。

2020 年 3 月 19 日 三汊河

图书在版编目（CIP）数据

爱好哭泣的窗户 / 叶兆言著. — 北京：北京时代华文书局，2020.6
ISBN 978-7-5699-3631-5

Ⅰ. ①爱… Ⅱ. ①叶… Ⅲ. ①长篇小说－中国－当代 Ⅳ. ①I247.5

中国版本图书馆CIP数据核字(2020)第078895号

爱 好 哭 泣 的 窗 户
AIHAO KUQI DE CHUANGHU

著　　者｜叶兆言

出 版 人｜陈　涛
策划编辑｜高　磊
责任编辑｜张　科　刘　磊
装帧设计｜程　慧　孙丽莉
责任印刷｜訾　敬

出版发行｜北京时代华文书局 http://www.bjsdsj.com.cn
　　　　　北京市东城区安定门外大街138号皇城国际大厦A座8楼
　　　　　邮编：100011 电话：010-64267955　64267677

印　　刷｜三河市兴博印务有限公司　电话：0316-5166530
　　　　　（如发现印装质量问题，请与印刷厂联系调换）

开　　本｜880mm×1230mm　1/32　印张｜5　字　数｜79千字
版　　次｜2020年8月第1版　　　　印次｜2020年8月第1次印刷
书　　号｜ISBN 978-7-5699-3631-5
定　　价｜42.00元

版权所有，侵权必究